謎《なぞ》々《なぞ》 将棋《Shogi》・囲碁《Igo》

新井素子
葉真中顕
宮内悠介
深水黎一郎
千澤のり子
瀬名秀明

角川春樹事務所

目次

装幀　芦澤泰偉＋五十嵐徹（芦澤泰偉事務所）

装画　宇野信哉

碁盤事件

新井素子

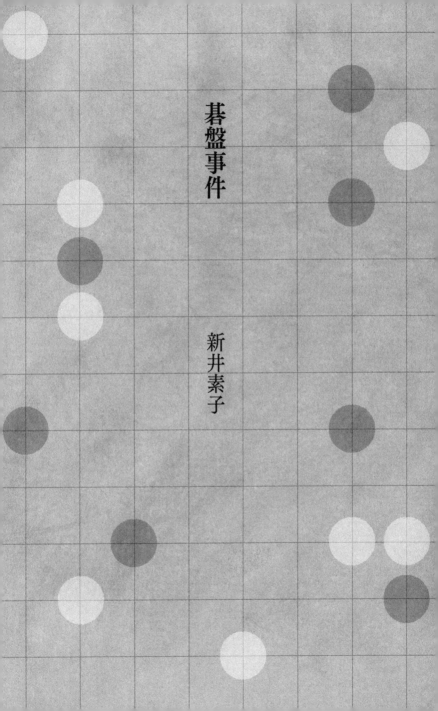

新井素子《あらいもとこ》

1960年生まれ。77年「あたしの中の……」が奇想天外SF新人賞佳作入選しデビュー。81年『グリーン・レクイエム』で、82年『ネプチューン』で連続して星雲賞を、99年『チグリスとユーフラテス』で日本SF大賞を受賞。著書に『未来へ……』『あなたにここにいて欲しい』『おしまいの日』『もいちどあなたにあいたいな』『イン・ザ・ヘブン』「星へ行く船」シリーズ（全5巻）など多数。

「えーっと」

もの凄《すご》く言いたくなさそうに。

実際に、こんなことは言いたくはないんだろうな、そんな風情丸判《まるわか》りって感じで、部屋の隅、ホットカーペットを敷いて作ってある囲碁コーナー、そこの中心の碁盤の上にちょこんと載った、熊のぬいぐるみ・ミーシャが、こう口火を切った。

「今回の……晶子《あきこ》さんの事故について……えー……なんつーのかその、家庭内裁判を、始めたいと思います」

とは言ったものの。ミーシャ、本当にこれをやりたくなかったらしくて……しばらく黙り、そしてぐるんと、あたりを見回す。それから。

「で、あの……ほんとにやりますか、これ？　やる必要、ありますかこれ。晶子さんが粗忽《そこつ》だったってことで、これ、一件落着にしていいんじゃないかと思うんですけど……というか、実際に、晶子さんが粗忽だから、こういう事件が起こったんじゃないかと……」

「やってくれ。頼む」

重々しい声で、ミーシャの台詞《せりふ》を遮ったのは、まさに今、ミーシャが載っている碁盤。今回の裁判の、被告である。被告に該当する人物（って、碁盤は人物なんだろうか？　いや、それを言うなら、ぬいぐるみが裁判官であるっていうのも何だしなー、傍聴人も証人も、全部人間ではないっていうのが、更に何だしなー）にこう言われてしまった、裁判官のぬいぐるみミーシャ、最《も》早《はや》文句なんて言えなくなる。

「……まあ……そりゃ……やりますけど」

やりますけど……やりますけど…………やりますけど…………。

なんか、微妙に、ミーシャの心の声、小さくなってゆく。けれど、まあ、それでも、ミーシャ、気をとりなおして。

「えー、ひとが寝静まった今、ひとが見ていない処《ところ》では、我々、ぬいぐるみや人形は、動き出すことができます。それは、過去の童話やファンタジーなんかで多数描かれ、描かれている以上、実証済です。つーか、事実です。だもんで、非常に僭越《せんえつ》っていうか、なんか申し訳ない話なんですけれど、今回の裁判をやるにあたって、僕、いつも自分がいる棚の上から移動して、被告である碁盤さんの上に載っかってます。ここが、なんか一番都合がよさそうだったものですから。……けれど、同時に、実は、碁盤さんとか、椅子さんとか、ダイニングテーブルさんみたいな、家具や家財道具の方々も、動こうと思えば動けるんでしょ？　勿論《もちろん》、しゃべれます。……いや、我々ぬいぐるみや人形なんかに比べると、ちょっと口は重いですけれどね。体はもっと重いから、動けるって言っても、そりゃ、我々、重量的に軽いぬいぐるみや人形なんかとはまったく違う動きになる訳なんですけれど、それでも、動ける筈《はず》です。実際に、そんなみなさまが動いているのは、僕、まだ見たことはないんですけれどね」

ここで、ミーシャ、一回、息継ぎ。

「だから、あの。僕、本当に判らないんですけど……何で僕が、裁判官？　この部屋ならね、一番大きいのは……えー、ダイニングテーブルさん、ですか？　あなたが一番大きいんだから、裁判官役はあなたに」

と、ダイニングテーブル、どこにあるんだか、そもそもあるんだかないんだかよく判らない目で、ぐるっとあたりを見回してから。

「古今東西、ぬいぐるみや人形が動き出す童話やファンタジーは結構あるけれど、ダイニングテーブルがいきなり動き出す童話やファンタジーを、寡聞にして私は知らない」

「い……いや……そりゃ、そうかも知れませんけれど」

「人間が、動き出すのはぬいぐるみや人形だと思っている以上、一番アクティブな役割は、ぬいぐるみや人形が担うのがよい。そして、この部屋における、ぬいぐるみや人形は、ミーシャくん、君だけだ。故に、最もアクティブな要素は、君が果たすのがよい。それに、実測的な意味で言うのなら、私より、食器棚さんの方が、容積的には大きいのではないかと思う」

こう話を振られた食器棚は……食器棚はといえば……。

「……………食器棚はね……………観音開きの……………扉が開いたり閉じたり

……映画なんかで……バタバタバタバタしている……恐怖映画なんかで……そういうのはあるけど……食器棚はね、食器棚の場合……観音開き……ない訳じゃないけど……引き出しやスライド式の扉が……そっちの方が多いし……大体……今バタバタできないし……できないし……それに大きさで……決めるものではないんじゃないかと……」

「あ、ああ」

ミーシャ、なんか、納得。何たって、食器棚さん、自分のことを〝食器棚〟って呼んでいるのだ。〝私〟じゃなくて〝晶子はね〟みたいな、乙女風一人称を使う食器棚さんの台詞がこれだとすると、また、このひとの常のしゃべり方が、やたらと間があいてしまうこの台詞だとすると（この食器棚さんの台詞、意味要約すると、『私はあんまりしゃべれない。稀《まれ》に映画なんかで、観音開きの扉がばたばたする奴があるけれど、私には観音開きの扉があまりないし、今動けない。そもそも、重要なのは大きさではないと思う』に、なると思う）……確かにこれは、食器棚さんに話をふらない方がいいかも。

「食器棚さんの台詞を待っていると、埒《らち》があかなくなっちゃうかも知れませんね。それでは、もう、しょうがない」

ごくん。ミーシャ、一回、唾を飲み込んで。それから。

「えー、それでは、ここで、先日起こった、晶子さん救急車搬送事件について、裁判を行いたいと思います」

☆

はい、ここで、舞台説明。

ここは、山形芳樹《やまがたよしき》さんと晶子さんという御夫婦が住んでいる家の一室。そろそろ四十に手が届くっていうこの御夫婦、今の処子供はおらず、共稼ぎで、まあ、どっちかっていうと経済的に余裕がある。だから、フローリングのこの部屋（とりあえず、リビングっていうのかな？　いや、食事をする場所もあるから、ダイニングでもあるのか）、結構広くて、立派なダイニングテーブルがおいてあり、でも、隅の方に、ホットカーペットを敷いたコーナーを作ることができたのだ。そんで、そこには、七寸の立派な碁盤がおいてあり、ここは、夫婦の趣味のコーナーなのだ。囲碁が趣味であるこの夫婦、和室がないこの家で、わざわざフローリングの床の上にカーペットを敷き、その上に碁盤をおき、座布団を敷き、座って対局ができる〝囲碁コーナー〟を作っているのだ。

「先日」

こう言うとミーシャ、ちょっと沈黙。あ、なんか、溜《た》めてる感じかな。

「晶子さんは救急車で病院に搬送されることになりました」

ダイニングテーブルさん、加湿器さん、椅子さんなど、様々なひと達が、「うんうん」って頷《うなず》いている気配。

「その経緯は、みなさま、お判りだろうと思います」

お判りのことを、一々言わなきゃいけないんだよね、ミーシャ。一応、裁判官だから。

「夫である芳樹さんが帰宅した処、妻である晶子さんがリビングで倒れておりました。意識はありませんでした。当初、何が何だか判らなかった芳樹さんでしたが、とにかく、妻である晶子さんが倒れておりましたので、また、あたりは血まみれでしたので、慌てて119番に連絡。救急車が来て……救急搬送ということに、なったのでした」

「こけたんだよね、晶子さん」

と、これは、リビングの全体を見渡せる位置にいるTVさんの台詞。

「いつものことながら」

こちらは、TVさんの隣にいるチューナーさんの台詞。

「ところが、運の悪いことに、こけた先に、碁盤さんがいた」

もとに返って、これはTVさん。そして、うんうんって、みんなが頷く気配。

「それで、碁盤さんの角に頭をぶつけて、こけた晶子さんは気絶してしまった。出血もした。酷《ひど》かった。これが、私が理解している〝晶子さん救急車搬送事件〟の顚末《てんまつ》なのだが……こんな裁判やるってことは……これ、何か、違う、のか?」

この台詞は、これまた、TVさん。

うん、TVさんは、この部屋全体を見渡せる位置にいるのだ（というか、この部屋の中からは、どこからでも見える位置にTVは設置されているのだ）、だから、TVさんは、この部屋の中のことは、すべて自分には把握できていると思っているし、実際、それは間違っていないだろうと、ミーシャも思う。

けれど。

「あー……違う、らしい、ん、です」

このTVさんの意見を、ミーシャは否定しなきゃいけない。何故《なぜ》ならば。

「ええっとお、被告である……って、誰が誰を訴えている訳でもない、だから、そもそもこんな〝裁判〟する必要なんてまったくない、にも拘《かか》わらず、とにかく、自分が加害者だって主張して、裁判の開催を要求している、その、碁盤さんが、そうじゃないって言っているんです」

「……はい？」

「えっとねー」

ああ、言いたくないよな。ほんとにこんなこと言いたくないよな。

そんな気持ちが丸判りの姿勢で、それでも、しょうがないから、ミーシャは、言う。

「何だってこんな訳の判らないことをやっているのかって言えば、碁盤さんがね、どうしても主張するんですよ。今回、晶子さんが救急車で搬送されるような事態になったのは、自分のせいだって。自分が、晶子さんを殺しかけたんだって。これは、碁盤さんによる〝殺人未遂事件〟なんだって」

「さつじん……みすいいー？」

「殺人って、ひとを、殺すこと？」

おお。これだけはあって欲しくなかったんだけれど……兎柄《うさぎがら》の座布団さん達が、騒ぎだした。

この家には、二種類の座布団さんがいる。一種類は、今回の事件の被害者である晶子さんが結婚した時、旦那の芳樹さんの実家から、夫婦布団と一緒に贈ってもらった夫婦座布団。この二つの座布団は、碁盤をはさんで置かれている。

そんでもって、それとは別に、五枚の兎柄座布団さん達が、唯今《ただいま》、部屋の隅に積まれているのだ。そして、この座布団さん達は、みんな、親戚《しんせき》なのだ。（数年前、この夫婦は、引っ越しをした。それまで住んでいたアパートを引き払って、なんとマンションの一室を購入したのである。そんでもって、その時、独身の時に芳樹さんが使っていた、押し入れにしまい込まれていた古い布団一式を打ち直した。引っ越しを機に、それまでの布団を敷いていた生活をやめ、ベッドにしたのね。この時、広いベッドが好きな芳樹さん、セミダブルのベッドを買ったのだ。――えー、狭い処で掛け布団にくるまって狭苦しく寝るのが好きな晶子さんは、シングルのベッド――。けれど、結婚祝いの夫婦布団はシングル二枚。だもんで、セミダブルの敷布団が欲しいかなあって思って。で、打ち直しでセミダブル敷布団一枚を作ったあと、残った綿で、この夫婦、お客さまが沢山いらした時、クッションがわりにフローリングの上に敷く為《ため》に、座布団を五枚作って貰《もら》ったのだ。それが、菀柄座布団さん達。つまり、このひと達は、もともとが同じ布団の綿だ、だから、ひとりが騒ぎだすと、他のひともそれに同調してしまって……。)

「殺人?」

「さつじん」

「さつじんって、ひとを殺すこと?」

「殺人?」

いや、だから、ちょっと待てえっ。

ああああああ、ミーシャ、どこをどう仕切り直せばいいのか、すでにしてよく判らない。

お布団や、座布団は、火事の温床になる可能性があるっていう、昔聞いた話に、ミーシャは今、心の奥底から、納得する。

お布団や座布団。要するに、綿のある製品。そこに、火種が落ちたとしても、それは、すぐに、火にならないかも知れない。実は、お布団や座布団の内側で、火は燃え広がっているんだけれど、外からはそんな兆候がまったく見えず、お布団や座布団に火種を落としたひとが安心して、それからずいぶんたってから。お布団や座布団の中の綿は、いきなり燃え広がってしまうことがあるのだそうだ。そして、一旦燃え広がってしまったら、お布団や座布団は、いつまでもいつまでも火が消えず、すさまじいことになってしまうらしい。

ああ、なんか、そんな感じ。

で、またまた、その〝燃え広がっている火〟に、酸素を送る奴がいる。バックドラフト起こったらどうするよ。それがまあ、よりにもよって、火種になった、被告である、碁盤さん。

「私は、ずっと、言っている。私は晶子さんを殺そうと思った。殺したいと思った。実際、晶子さんは、私の角に頭をぶつけて、出血をし、死にかけた。旦那さんが帰ってきて、救急車を呼んだから、だから、今、晶子さんは生きているけれど、そんな偶然がなかったら、晶子さんは、死んだ筈だ。だから、私は、少なくとも殺人未遂、そういう罪になるのではないかと、自分で思っている」

……そう……なん、だろう……か？

「や、そりゃ、無理だろう」

というのが、碁盤さんのいるあたりが見えるダイニングテーブルさんの意見。

「あれで死ぬのは無理だよ。無理だろ？　碁盤さん、あんたはね、出血の量のことを、知らないんだと思うよ、私は。うん、確かに血は結構でてたよ。頭からの出血は、派手に見えるよ。あっちこっち汚れてた。でも、あんなもん、ハンカチの一枚や二枚で拭い去ることができる程度だろ？　私が洗濯機さんに聞いた話からすると……」

「洗濯機さん？　私は、そういうひとを知らないんだが……」

と、これは、加湿器さんの台詞。

「ああ、いや、確かに洗濯機さんは、この部屋にはいないから。お風呂の側《そば》にいる奴なんだよ。その洗濯機さんから聞いていた話によれば……」

「え、お風呂。知らない場所」

「ダイニングテーブルさん、超能力者？」

「テレパシー？」

「いないひとの話が聞けるの？」

「てればしいって何」

ああ、また、菟柄座布団さん達が騒ぎだした。

「いや、座布団のお嬢さん方、違うよ。私は、いないひとの話を聞いた訳ではなくて、この家に越してくる前、前の家にいた時には、洗濯機さんは、私から見える位置にいたんだよ。お話も、できた」

「前の家？」

「前世？」

「ぜんせって何」

「生まれ変わるの」

「いや、生まれ変わりじゃなくて、単に引っ越し……って、座布団さん達は〝引っ越し〟が判らないか」

「転生？」

「ちっがっあああっうっ」

……ぜいぜいぜい。

なんか、ダイニングテーブルさん、息が切れている感じ。

「……引っ越しが判らなくって、なのに、生まれ変わりや転生って言葉を知ってるって、大体、常識を知らずにテレパシーだの何だのって言葉だけ知ってるって、こいつら、一体どんな座布団なんだよっ」

ダイニングテーブルさんがこう叫び、そんでもって、ミーシャにはその理由が判っていた。だから、しょうがない、ダイニングテーブルさんを諭すように。

「あの、ね、ダイニングテーブルさん。この莵柄座布団さん達は、ついこの間生まれたばかりで、んでもって、生まれた後すぐ、この部屋の隅に、いつも重ねて積まれていることになったんですよ。その脇には新聞ストッカーさんがいて、新聞ストッカーさんの中には、何回も何回も、命ある限り私は叫ぶぞって感じで、ひたすら叫びまくっている散らしさんや折り込みさんや小冊子さんがいるんです。有体に言ってしまえば、さまざまな新興宗教や、新・新興宗教の方々が作っている〝そういうもの〟、ですね。ポストの中に放り込まれているそういう小冊子、一応資源ゴミだってことで、古新聞や読み終えた雑誌と一緒に、晶子さんがごみ箱の中じゃなく、新聞ストッカーさんの中につっこんでいますから。そんで……あの小冊子さんや散らしさんなんかは、常に全力で教義を叫びまくっていますから。座布団さんがそれを聞き齧《かじ》るのも、当然でしょう」

「あ。……あ、ああ。門前の小僧……みたいなもの……なのか？」

成程。

ダイニングテーブルさんが納得した処で、話は一応収束した。

これで最初の処に、話を返すことができる。

だが。

えっと、あのお、そもそも。

最初の処って、どこよ？

☆

「ああ、とにかく」

やっとこダイニングテーブルさんが気を取り直して。

「仮に、碁盤さんが殺そうと思っていたとしても、ハンカチの一枚や二枚で拭ききれる程度の出血量じゃ、晶子さんは、死なないよ。少なくとも、洗濯機さんから出血についての話を聞いている、私が知っている限りでは、死なない。ま、出血とはまったく別の、頭を打ったとか、そういう要因で晶子さんが死んでしまう可能性は否定しないが」

ここでミーシャ、ちょっと不思議に思ったので、聞いてみる。

「あの……僕も知らない洗濯機さんなんですが、そのひとは、なんで、出血について、そんなに詳しく知っているんですか？」

「あ、いや、そりゃ、血まみれのものをやたらと洗っていたから。洗濯機さん本人が洗っていなくても、この家もそうだし、前の家もそうなんだけれど、大体、洗濯機さんは、洗面所の近くやお風呂の近くにいることが多いらしいんだよね。そんで、そこでは、晶子さんが結構血まみれのものを自分で洗っているのを見てたって」

え。血まみれのものをやたらと洗っている？　それ、一体どんな状況だ。どんな犯罪がその陰にある。まさか晶子さんって、連続殺人鬼？

ミーシャがそんなことを思うと、まるでそれを見透かしていたかのように。

「犯罪じゃないらしいよ」

するっとダイニングテーブルさんはこう言う。

「若い女性は、なんだか結構出血するらしいんだ。晶子さんは、もう四十近いから、慣れているし、そうでもないらしいんだが、十代、二十代の女性は、時々、出血し、その手当てに失敗すると、結構下着や何やが血まみれになるらしい。んで、その時の血の量って、ハンカチの一枚や二枚で拭きされる量じゃないらしい」

「はい？」

座布団さん達じゃないんだから、だから、騒ぎだしはしないんだけれど、それでも、この台詞は、ミーシャにしてみれば、驚きだった。

「ど……ど……どうして？　どうしてそんな、訳の判らないことになるんです？」

「いやあ、これ、よく判らないんだけれど。どうやら、繁殖の為には、それが必要であるらしい」

繁殖の為に必要。

そう言われてしまえば、ミーシャ、それ以上、この問題については追及することができなくなる。いや、ミーシャだけじゃない、そもそも繁殖をしない、家具やぬいぐるみや人形や座布団は、みんな、何も言えなくなる。

「生命の神秘か」

と、これは、さっきもちょっと話にでてきた新聞ストッカーさん。このひとは、自分の中にいる新聞や雑誌や、それこそ小冊子なんかの影響もあって、深いんだか何だかよく判らないことを、時々言う。

「それは、わしらには判らない世界だからの」

この部屋の最長老、ダイニングテーブルの上にいる花瓶さんがこう話をまとめる。（花瓶さんは、晶子さんがとうに亡くなったおばあさんから貰ったものだそうで、なんだか無茶苦茶古いものであるらしい。骨董品《こっとうひん》、という区別の家財道具で、江戸、とかいう、訳の判らない時代から、生きてきたものらしい。)

「いやはや、生き物の世界は、謎に満ちておる」

☆

「いい加減、話を戻して欲しい」

〝いやはや、生き物の世界は謎に満ちておる。〟

この花瓶さんの台詞で、この部屋のみんなが黙り込んで、二分。業を煮やしたのか、口火を切ったのは、碁盤さん。

「確かに、ダイニングテーブルさんの言うように、あの程度の出血では、晶子さんは死ななくて当然なのかも知れない。あの程度の出血しかさせられなかったということは、私による〝殺人事件〟は、起こりようがなかったのかも知れない。だが、実際に殺し得なかったことと、私が殺人を目論《もくろ》んだこととは、まったく話が違うだろう?」

あ、それは、確かにそうだ。ミーシャもそう思う。

ひとを殺そうとして殴った時、そこに〝殺意〟があったのなら、本人が非力で、殴った相手にたいした被害を齎《もたら》さなかったとしても……それでも、それは、殺人未遂って言えるんじゃないのか?

けど。

でも。

何だって、碁盤さんは、こうも自分の〝殺意〟を主張したいんだろう。

そもそもが、碁盤さんが言い出すまで、誰も晶子さんの事故を問題視なんかしていなかった。みんな、あれは、「晶子さんがこけた」だけだと思っていた。勿論、人間社会でもそう思われていて、あれは、家庭内事故で決着がついている。(大体が、意識を取り戻したあと、晶子さん本人が、そう言っている。)

それなのに。

「あれは殺人未遂だった」

って、あくまで主張しているのが、碁盤さんなんだよね。

しかもその上。

「犯人は私だ」

碁盤さんの主張は、これに尽きる。

「だから、私を裁いて欲しい」

いや、この裁判で、仮に碁盤さんが有罪になったとして、そのあと、彼はどうなるの、裁かれた碁盤さんはどんな刑に服するの、そういうの、全部、判らないんだが……。

「ここで」

碁盤さんは言う。

「私の、動機を話したい」

☆

この後、碁盤さんは、自分の動機を縷々《るる》しゃべるのだが……それを、そのまま、碁盤さんの台詞のままに書くと、かなり判りにくいので、時系列にそって、まとめてしまおう。

碁盤さんは、もともとは、晶子さんのひいおじいさんの碁盤だった。

頃は大正。

ひいおじいさんは、群馬県の学校の先生で、大層な囲碁好き。

碁盤として。生まれてすぐ。ひいおじいさんの碁盤になった碁盤さんは、自分の上で、数々の名勝負が行われるのを楽しんでいた。いや、勿論、名勝負ったって、それは、今も棋譜が残っている、プロの棋士達が繰り広げていたものとは話が違うよ、ひいおじいさんはそれなりに強かったらしいんだけれど、強い碁敵もいたらしいんだけれど、大抵の場合は、へぼが楽しんでいる名勝負。

でも。それは、楽しかったのだ。とてもとても、楽しかったのだ。自分の上で、そんな楽しいものが繰り広げられているのが、本当に幸せだったのだ、碁盤さん。

が。やがて、昭和になる頃。ひいおじいさんの息子（つまり晶子さんの祖父だ）が生まれ、その子の体が弱く、東京でその子に当時の先端医療を施す為、ひいおじいさんは上京を決意、伝《つて》をたどって、東京で出版社に就職することになる。

この頃も、碁盤さんは幸せだったのだ。

昭和初期から戦前に至るまで。

出版社に勤めることになったひいおじいさんは、さまざまな戦いを碁盤の上で繰り広げることができた。（昭和初期の文学者には、囲碁を嗜《たしな》むひとがかなり多く、この時期は、〃へぼ〃ではない名勝負を、碁盤の上で繰り広げることができたらしい。勿論、作家さんが、わざわざ一編集者の家にまできて、それで碁を打つことはあまりない。だが、稀にはそういうこともあったらしい、し、大きな出版社には大抵碁盤が常備してあり、編集者は、作家とそこで碁を打つことが結構あったらしいのだ。というか、著名な作家が出版社に来た時、お茶をいれるのと同時に、「まずは一局」って感じで、碁を打つケース、かなりあったらしい。その為に、当時は、囲碁が強い編集者っていうひとが、出版社には何人もいたらしい。――ちょっと違うかも知れないんだけれど、いわば、接待の一環として、碁を打っていた時代があったらしい――。んで、ひいおじいさんは、そんな接待要員のうちの一人。そんでもって、対局をしたひいおじいさん、あるいは、観戦していたひいおじいさん、家に帰ると、まず、その日の棋譜を碁盤さんの上で並べることもあったらしい、これは、碁盤さんにとっては、至福の時だったのだそうだ。）

だが。時間は、流れる。

戦後。ひいおじいさんは、出版社を定年退職することになり、自宅で書道教室を開くことになる。

この時も、碁盤さんは、幸せだったのだ。

自宅で書道教室の先生をやっているお年寄り。こういう状況のひいおじいさんには、近所に碁敵が何人もいて、家で教室をやっているのだ、そういうひと達が、なんだかんだと碁会所がわりにひいおじいさんの処に碁を打ちにきてくれる。

出版社で、かなり強い作家さんなんかを相手にしていた時とはまったく違うんだけれど、むしろ、碁盤さんにとっては、こっちの方がずっと幸せだったのかも。

その日の、終わってしまった戦いを、棋譜として並べるんじゃない、現時点での戦いが、碁盤さんの上で、繰り広げられているから。

またまた、へぼ碁になるんだけれど、自分の上で戦いが繰り広げられている。

碁盤にとって、これ以上の幸せって、ない。

だが。

この〝幸せ〟は……ひいおじいさんが亡くなった時に、終わる。

というのは、ひいおじいさんの息子である（つまり、晶子さんの祖父である）ひとが、まったく、囲碁を、やらなかったから。

ひいおじいさんが亡くなった時からあと、碁盤さんは、自分の上で碁を打って貰えることが……まったく、なかった。非常に稀に、お正月なんか、集まった孫達が〝五目並べ〟で遊んだことはあったのだが、そのくらい。しかも、その〝五目並べ〟って、勝手なルールで勝手にやっているものであって、碁盤さんにはとても文句があったらしい。（正しい〝五目並べ〟は、〝連珠〟といって、ちゃんとしたルールがあるちゃんとした競技である。けれど、〝連珠〟のルールを知っているひとは、まず滅多にいない。大抵のひとが思っている〝五目並べ〟は、〝連珠〟とは似て非なるものなのである。）

文句を言いたくても言えない碁盤さんは、やがて……気がつくと、物置に閉じ込められることになる。

が。その前に。もっと酷い目にもあった。

ひいおじいさんが亡くなってからあと、しばらく、碁盤さん、碁盤であるのに、まったくそれとは違うことを要求されたんだよね。

碁盤さんの特徴と言えば、とにかく、重くて、平らで、まっすぐであること。

息子さんの奥さん（つまり晶子さんのお祖母さんだ）は、洋裁をやっていた。そして、まっすぐで平らな碁盤さんは……洋裁の、型紙をとるのに、まさに最適な台だったんだよね。

今なら、洋裁が趣味の奥さんがいたら、キッチンの脇に家事コーナーを作って折り畳み式のテーブルを作るだの何だの、やりようがあったのかも知れない。けれど、昭和の、それも三十年代の頃には、奥さんの趣味の為にそういうことを考える家庭は、まず、なくって……。

結果、息子さんの奥さん（つまりは晶子さんのお祖母さん）は、碁盤さんを、洋裁の為の台として使ったのだ。碁盤さんの上で型紙を切ったり、布に印をつけたり……。今でも、碁盤さんには、てんてんてんてんって感じの傷が残っている。息子さんの奥さんが、布に印をつける為に記したあとだ。

それからまた。晶子さんのお母さんも、碁盤さんに酷いことをしていた。

なんせ、碁盤さん、まっ平らで重いんだもの。

床に、百科事典だの何だの、大きい書籍を並べる。その上に新聞紙を敷いて、そこに花をはさむ。そして、その上に逆さまにした碁盤さんを乗っけると、おお、押し花を作るのに、こんなにいいものは、他にないではないか。

と、いう訳で。

ひいおじいさんが亡くなったあと、碁盤さんは、洋裁の台になったり、押し花製造機になったり、稀にお正月に子供が来たと思ったら、〝囲碁〟はやってもらえず、その上〝連珠〟ではない変な〝五目並べ〟の舞台となり……。

何とも言えない時代を過ごし、やがて、碁盤さんは、物置の中に放置されるようになる。

ここで、時間がたつ。かなりたつ。放置されていた碁盤さんの記憶が途切れる。

んで、平成。

それも、二十数年、たってから。

いきなり碁盤さんは、碁盤として復活した。

碁盤さんのことを、〝押し花製造機〟としてしか認識していなかった筈の、そんな女の子の娘、晶子さんが、何故だか、いきなり、三十の手習いで囲碁を始めたのだ。

囲碁を始めた晶子さん、旦那の芳樹さんと一緒に囲碁教室なんかに通いだし、やがて、実家の物置にずっとずっと放置されていた碁盤さんを家に引き取り、そこで、碁を打ち出したのだ。

☆

「どんっだけっ！」

碁盤さんの声、もう、うわずっている。

「どん、だけ、どれ、だけ、ああ、もう、どれ程にっ！　どんっだけ、私が嬉《うれ》しかったか、それが、他の、誰に、判るっ！」

ああ。単語がみんな、とぎれとぎれだわな。こんな碁盤さんの気持ちは、ミーシャには、判る……ような、気が、なんか、しないでもない。碁盤さんの迫力を考えると、まさか、〝判る〟とは絶対に言えないけれど。

「私の上で、碁を打ってくれる。へぼだの莫迦《ばか》だの下手だの駄目だのあり得ないだの、それはもう、どうでもいい。どんだけ下手であろうが、あり得ない程変な手であろうが、私の、上、でっ！　私の上で、まさに今、囲碁の勝負が繰り広げられているのなら……」

ああ、もう、なんか、碁盤さんは、泣きそうなんだよ。

「最初の頃なんか、晶子さんも芳樹さんも、基本の死活すら判っていなかったんだぞっ！」

と、言われても。それがどんな状況であるのか、ミーシャには判らない。

「あからさまに死んでいる石を、それでも助けようとする晶子さん。ほっときゃいいのに、下手に妙につきあったせいで、失着を繰り返し、何故か、死んでた筈の晶子さんの石が復活しちゃって茫然自失《ぼうぜんじしつ》する芳樹さん。……これはもう、へぼとか、素人とか、そういう次元じゃない。そもそもルールをちゃんと判っているのかおまえらはっていう状況なんだが……そういう戦いを、自分の上で繰り広げられて……」

プライド的に、そういうのは問題なのかな？　ちょっとそう思ったミーシャなんだが。

「そういう戦いを自分の上で繰り広げられて……私は……私は……こんなに嬉しかったことはない」

あらら。そういうものなんですか。

「ちゃんとした碁打ちがやっている手ではないんだぞ。〝へぼ〟の碁打ちが打つ手でもない。莫迦としか言いようがない。素人がふたり、私の上で遊んでいる。……だが、それを見ている私は、とても、嬉しい。とても、楽しい。何十年かぶりに、心から、私は、楽しかった」

はあ。ミーシャにしてみれば……何とも言いようがない。

「いるんだかいないんだか判らない神様に、私は感謝した。〝名勝負〟なんて、私は望まない。いや、そりゃ、私の上で名勝負が繰り広げられるのなら、それは確かに幸せなんだが、私は、そんなことを願ってはいない。〝名〟がつかなくていい、どんなへぼでもいい、私の上で、〝勝負〟が行われること、それを、それだけを、私は、願っている」

はあ。でも、それならば、碁盤さんが晶子さんに殺意を覚える訳がないのでは？

「ところが」

ここで、一転して、碁盤さんの台詞、暗くなる。

「時間がたつと……当たり前なんだが……この二人は、強く、なってきちまったんだ」

「はい？」

えっと、今までの碁盤さんの台詞をまとめると……えーっと、えっと、この二人が強くなってくれれば、いずれ、碁盤さんの上で名勝負が繰り広げられる可能性ができたってことであって……ここで、何で暗くなってしまうんだろう、碁盤さんの台詞。

「いや、強くなるのは大歓迎なんだよ。今では、二人共、初段くらいの実力はある。ちょっと前まで、私の上で繰り広げられていた戦いは、ま、へぼだけれどね、それでも一応、〝囲碁〟になっていた。きっちり〝勝負〟になっていた」

「じゃあ、碁盤さんにしてみれば、万々歳じゃないのか？」

ここでTVさんから声がかかる。ミーシャも、まったく同じことを言いたい。

「ああ、万々歳だったんだ。……その……二人が……碁を、打ち続けてくれさえすれば」

「え、だってー」

「囲碁、やってるよね」

「打ってる晶子さん」

「芳樹さんも」

菟柄座布団さんの茶々がはいったんだけれど、ミーシャは、それを無視する。だって、この流れだと……。

「なんか、あったんですね？　いや、その前に、碁盤さん、〝ちょっと前まで〟って言いました。そのあと、〝二人が、碁を、打ち続けてくれさえすれば〟とも言いました。……あの二人……休日とか、よく、二人で碁盤さんを囲んでますけれど……ひょっとして、碁、打っていないんですか？」

なんか、そんな、会話の流れだ。

だから、ミーシャがこんなことを言うと……。

まるで。

よくぞ言ってくださいました、その台詞を待っていたんですっていう感じで、碁盤さん、言う。

言い募る。

「そうなんだよっ！」

　言われてしまった、ミーシャが焦る。だって、晶子さんと芳樹さんは、休日には二人で碁盤さんを囲んでいて、その状況は、この部屋のみんなが見ていて……これで、碁を打っていないって、それは、何？

☆

「あの二人は、本当に順当に碁が打てるようになってしまった。その結果として、晶子さんと芳樹さん、自分の碁を並べ直すことができるようになっちまったんだよ。どっちかだけできるだけならともかく、二人共、できるようになっちまった」

……って……これは、意味が、判らない。そんで、ミーシャが〝意味判らない〟っていう表情を浮かべているのが判ったのか、碁盤さん、補足説明。

「ちゃんとした碁打ちなら、初手から自分の打った碁を再現できるんだよ。普通自分がどこに打ったか覚えているもんだ。で、二人は、二人共に、それができるようになっちまった」

「あの、それは、お二人の進境が著しいってことであって……何か、問題が？」

「問題は、ありすぎなんだ。こうなると……喧嘩《けんか》が、発生する」

「……って？」

「あの二人、ちゃんとした感想戦ができるようになっちまったんだよっ」

はい？　またまた意味が判らない言葉が出現して、ミーシャはちょっと戸惑う。

「感想戦っていうのはね、初手から今打った碁を並べてみて、『この手がまずかった』『これはこっちに打った方がいいんじゃないか』ってことを、お互いに言い合うことなんだよ。……確かに、これをやるのは、囲碁上達にとっては、必要不可欠なことだ。これをやればやる程、囲碁は強くなる。プロ棋士なんかは絶対にこれをやる。……だが、家族は、家族だけは、これをやっちゃ、いけないんだ」

「……って……？」

「喧嘩になる」

「……な……何故、ですか？」

「プロ同士が感想戦をやるのなら、双方、相手に遠慮もあるだろうし、自分のプライドもある。そもそもがプロだ。敗因のレベルが違う。敗着になった手から、その後どう打つかによって、状況がまったく変わってくる。だから、きっちり、検討をして感想戦ができる。碁会所なんかで終わった勝負に対してそれをやるのなら、これまた同じだ。負けた方は本当に悔しいんだよ、けど、それを飲み込んで、感想戦ができる。まして、大体の場合、碁会所で打っている連中は、強さに差がある。故に、感想戦は、強いひとが弱いひとに〝この手がいけなかった〟〝この手は素晴らしかった〟ってなことを教えているっていう感じになる。だから、どんなに悔しくても、負けたひとはそれを飲み込んで、むしろ、自分の欠点を教えて貰っている気持ちで感想戦で勉強をする。……………けど。けど……家族は」

「はい、家族は」

「そんなことができる程、距離が遠くない。甘えもでてくる。負けた方は悔しい。そこへ持ってきて、多分自分でも判っている敗着を指摘される。片方がとにかく強いのなら、まだ、いい。だが、どっちも同じくらい強くて、敗着が判っていたら……それをあからさまに指摘されたら……これが、悔しくない訳が、ないだろ？」


あ。


確かに、そんなことは、あるのかも知れない。

「囲碁で負けた悔しさはね、また、特殊なんだ。夜。布団の中で。負けた方が、その日の囲碁を思い出す。と、この時、そのひとの頭の中に浮かぶのは、その時、負けた、手順だ。どうしようもなく、自分が弱くて負けたのなら、それは、諦めもつくよ？　何で自分が負けたのか、その理由が判らない程徹底的に負けたのなら、そりゃまた別の意味で諦めもつく。だが、あきらかに自分が失敗して、失着があって、それで負けたって判っていたのなら」

「……」

「あの時、あそこにさえ打たなければ。こっちに打っておいてさえいれば」

ああ。

「その場合、悔しくて悔しくて、も、どうしようもない。夜、布団の中で、足をばたばたさせて悔しさを紛らわしたりもする」

うん。

「それを、感想戦では指摘される訳だ。夫婦の間柄で。これはもう……」

「喧嘩になるしか、ない、ですか」

はあ。成程、ミーシャ、なんとなく判ったんだけれど……でも……。

「とはいうものの、お二人共、立派なおとな、ですよね？」

「ああ。勿論、二人共、囲碁に負けたからって切れる訳ではない。すぐに喧嘩は発生しない」

なら、いいんじゃないですか……って言いかけたミーシャ、なんか、碁盤さんの雰囲気があんまり剣呑《けんのん》だったので、その言葉を飲み込む。

「いっそ、切れてくれた方が判りやすくていいわっ。喧嘩やってくれればどれ程判りやすいかっ。そんな感じで、二人は、おかしくなる」

「……って……」

「芳樹さんの場合は、とにかく無言だ。無言で……ただ、機嫌が、機嫌だけが、もの凄い勢いで悪くなる。なんかその辺に暗雲が漂っているって目に見える気がするくらい、無言で、機嫌だけが悪くなる」

無言なら、問題はそんなにないんじゃないか……って言いかけたミーシャ、台詞を飲み込む。まあ、その、多分、芳樹さんの無言は、〝とっても問題がある無言〟なんだろうなって、碁盤さんを見ているだけで判る。

「晶子さんの場合は……その……例えば、靴下、だ」

「はい？　靴下？」

今度はほんとに訳が判らなかったので、ミーシャ、つい、反問。

「芳樹さんは、よく、靴下を脱いだままで、裏返っている状態で、洗濯籠の中にいれるって話を、晶子さんはするだろ？」

ああ。よく、晶子さんは怒っているよね。

「囲碁で負けると、晶子さんはそんなことを言い出すんだよ。何で靴下をちゃんとしないのか、脱いだままの靴下は裏返しになっているから、うっかりそれをそのまま洗っちゃったら、それを干す時に晶子さんがどんなに大変なのか、そんなことを」

「あ……いやそりゃ……確かに晶子さん、大変だろうと……」

「あるいは、御飯茶碗《ごはんぢやわん》だ」

「はい？　茶碗？」

「芳樹さんは、夕飯がすんだあと、御飯茶碗をテーブルの上によくほっとく。しょうがないから晶子さんがそれを流しに持ってゆくんだが、そんでもって、使用済の食器を洗うのはすべて晶子さんなんだが」

ああ。御飯茶碗は、「ごちそうさま」を言った後、できるだけすみやかに流しに持っていって、水に浸けろって、晶子さんはしばしば言っているよね。それをやってくれないと、乾いたお米がかぴかぴになって、食器を洗う晶子さんが本当に大変なんだって。

「あなたは、何故、もうちょっと家事をやっているあたしのことを気づかってくれないのか」

碁盤さん、晶子さんの声を真似《まね》て、こんなことを言う。それは、まったくそのとおりだと思うんだが……あの、囲碁と、それ、どんな関係が？

「不機嫌になって、もの凄く重い無言を押し通す芳樹さんも、靴下や御飯茶碗のことをいきなり言い出す晶子さんも、やっていることは、同じだ。二人共、囲碁に負けたせいで、悔しくて、悔しくて、〝切れて〟いるんだ。けど、さすがに、いい大人だから、双方共そうは言えない。だから、反応が〝変〟になる」

成程。

「で、だから。それが、二人共によく判ってしまったから」

ここで、碁盤さんは、衝撃の事実を告げるのだ。

「あの二人は、もう半年……いや、一年になるのかな、碁を打っていないんだよ」

☆

「て、あの？」

いや、だって。

「いや、そりゃないだろ碁盤さん」

「…………変…………。変…………な、の──…………」

「よく碁盤を囲んでましたよ、あの二人」

TVさんだの食器棚さんだの椅子さんだの、様々なひとたちがこう言い募る。

だが。

「打っていないんだよ、あの二人。あの二人は、ここしばらく碁盤である私を囲んでいても、碁を打ってはいない」

「じゃ、何しているんですあの二人」

「……基本的に、詰め碁を解いているよな。最近は、『二分で解けたら三級』みたいな奴じゃない、もっとなんていうのか、エレガントっていうか、工夫があったり難しい詰め碁の本があって、それを二人で解いている。あるいは、棋譜を並べているな。最近は、二人共、好きなプロ棋士ができるくらいの強さになったから、お互いに御贔屓《ごひいき》の棋士の最新の棋譜を並べあったり」

ああ。碁盤さんを囲んでいても、碁を打つこと以外に……そういうことも、できるのか。そう思って、ミーシャも、他のみんなも、なんか納得して無言になると、いきなり。それをぶった切るようにして、碁盤さん。

「それが動機だ」

って？　あの？

一瞬、ミーシャ、何を言われたんだか判らなかった。でも、次の瞬間、ゆるゆると理解が追いついてきて……。

「あの、碁盤さんが晶子さんを殺そうと思ったのって……」

「これが動機だ。私は、自分の上で、囲碁の勝負を、囲碁の勝負だけを、繰り広げて欲しい。私がやって欲しいのは、訳判らない連珠もどきの〝五目並べ〟ではなく、ましてや型紙取りや押し花作りではない、〝囲碁〟、だ。そして、一回は、それをやってくれていた晶子さんが、これをやらなくなったのなら……」

これをやらなくなったのなら……。

「最初っから、私に期待を持たせなかったのなら、晶子さんのお母さんやお祖母さんがそうだったように、最初っから私のことを、平らな台や重しとしてしか見ていなかったのなら、それは、それで、いい。いや、よくはまったくないんだが、それはそれで納得できる。だが、一回、私を、碁盤として認識し、碁盤として私に接して……そのあとで、それを、裏切ったのなら。この、裏切りが、私に齎《もたら》す、この、落ちこんでしまう感情は、一体、どれ程のものだと思う?」

……あ。ああ。

「許し、がたい。私が、望んでいるのは、囲碁の勝負だ。へぼでもいい、駄目でもいい、莫迦でもいい、ただ、私は、勝負だけを、それだけを、して欲しかったんだ。そして、晶子さんは、それをやってくれた。私が、どんなに、どれ程、晶子さんを愛したか。なのに、彼女はそれを裏切ったのだ。……詰め碁? 棋譜並べ? 確かに、私の上で晶子さんはそういうものをやってくれてはいる。けれど、私がやって欲しいのは、そういうものではない。どんなにへぼでもいい、どんなに駄目でもいい、ただ、勝負を。正しい勝負を。それだけを私は……」

「可愛《かわい》さ余って憎さ百倍」

ぼそっと、新聞ストッカーさんが言う。

「まさに、そのとおり。だから、私は、晶子さんを殺そうと思った」

碁盤さんがこう言い切り。殆《ほとん》どのみんなが、それを納得した、その時に。

いきなり。

細い悲鳴が、部屋の中に響きわたった……。

☆

「駄目え……ですう……」

もの凄く細い悲鳴。

誰が言ったものなんだか、瞬時に判らない。

「駄目え、ですう。ごめんなさい、ごめんなさい、ごめんなさい」

ここまで言われても、この台詞、誰が言ったのかよく判らない。だから、ミーシャ、思いっきり、目をあちこちに転じて。それで、やっと、判る。ああ、この台詞を言ったのは、碁盤さんの前に置かれている、夫婦座布団さんの片方、なんだな。

「ありがとう碁盤さん、ごめんなさいみなさま。この事件の、真犯人は、あたし、です」

って、言われても。

なんか、急展開に、ミーシャ、ついてゆけない。

「最初っから、あたしが、犯人でした。あたしのせいで、晶子さん、碁盤さんの前でこけたんです。あたしに、足をひっかけて。ですので、犯人は、あたしです。最初っから、あたしに決まっているんですけれど……碁盤さんが」

はい、碁盤さんが?

「ひたすら、あたしのことをかばってくださって」

え？　あの？

よくよく見ると。こう言っているのは、夫婦座布団さんの片方、赤、だった。(夫婦座布団さんは、まったく同じサイズで、赤と青のふたりがいる。菟柄座布団さんの倍くらいの厚みがある、もの凄く立派な座布団さんなのだ。)

「あたしと夫は、碁盤さんを挟んで二人並んでいます」

この場合の〝夫〟っていうのは、夫婦座布団さん青のことなんだろうなあ。

「この家で、囲碁コーナーができてからずっと、そういう配置でした。それで、碁盤さんは、あたし達のことを、とっても可愛がってくれていたんです。それこそ、わが子のように。常に、あたし達夫婦が碁盤さんを挟んでいるんですもの、何かと気を遣ってくださって、フローリングの家では座布団はちょっと居心地悪いよなって、いろいろ気を配ってくださって。よく声もかけてくださって……」

ぐすぐすぐす。とにかく涙ぐむ夫婦座布団さん赤。

「それで。問題の、晶子さんが転んだ時……その理由と、その責任は、あたしにあるんですう」

ここで。

夫婦座布団さん赤、無機物はひとが見ていない時なら何とか動けるっていう前提条件に則《のっと》って、動いてみる。それはもう、座布団にしてはとっても大仰な動き。こんなふうに動く無機物を、ミーシャは、見るの、初めてだ。うん、何をやってみせたのかっていえば……なんと、〝えいやさっ〟って全身を使ってひっくり返ってみせたのだ。

「ご覧になればお判りでしょう？　あたし……さっきまで下側にして、みせないようにしていましたけれど……ちょっと、破けてます」

あ。確かに。夫婦座布団さん赤の真ん中くらいに、ちょっと布が破けた処があって……。

「晶子さんは、あたしの、ここに、足をひっかけて転びました。そして、碁盤さんに頭をぶつけたんです。みなさま、晶子さんは粗忽だから転んで当然って感じで、晶子さんが転んだことそれ自体は問題にしていなかったんですが……普通、人は、何もない処では転びません。転ぶ要因があったから、晶子さんは、転んだんです。そして、その要因は、布が破けたあたしです。……あたしが、犯人なんです」

「え」

「晶子さん粗忽だから、じゃ、ないのか」

「粗忽にも理由があるのか」

「晶子さん粗忽で、すべての説明がついていたとばっかり思っていたが」

「あの粗忽にまさか理由があったとは思いもしなかった」

この部屋にいる連中が、一斉に何かしゃべりだし、しばらく続く混沌《こんとん》。

「碁盤さん」

しばらく混沌が続いたあとで、それを収拾したのはダイニングテーブルさんだった。

「それは、本当かね」

ここで珍しくあたふたする碁盤さん。

「いや、それは、あの、そもそも……」

「芳樹さんが帰って来て、晶子さんが救急車で運ばれたあと。この部屋は、しばらく無人になりました。その時、碁盤さんが、あたしに言ったんです。〝できることならひっくり返れ〟って。……それであたし……訳判らないまま、自分にそんな動きができるのかどうか判らないまま……それでも、がんばって、ひっくり返りました。ひっくり返ったら、あたしの裂け目は、見えなくなりました。だから、晶子さんがひっかかった処は判らなくなって、しかも、晶子さんがこけたのは、〝晶子さんは粗忽な人だから当然だ〟で話が済んでしまって……でも、その前に、碁盤さんが、言ったんです。〝晶子さんが事故にあったのは、私のせいだ。私の角がとがっているから、だから晶子さんは、出血したのだ。それは、間違っても君のせいではないからね、君はそれを気にしなくてもいい。すべては、角がとがっていた私のせいだからね。実際、私には晶子さんに含むところがある訳だし〟」

「碁盤さんには、感謝している」

いきなりこう言ったのは、夫婦座布団さん青。

「妻を……ここまでかばっていただけるとは。だから、私は、何も言えなかった。妻にも、何も言わないように言ってはいた。だが、話がここまでくると……さすがに黙っているのは……」

　この辺で、これまた、この部屋の中は騒然となる。

「あたしー、あたしー、碁盤さん支持ー」

「かっけー。かっけーぞ、碁盤さん」

「かっこいいって、もうちょっとちゃんとした日本語を使いなさいね、菟柄座布団さん達」

「でも、碁盤さん、かっけーもん。かっけー」

☆

「つまる処」

しばらくの間、この部屋は本当に騒然としてしまった。だが、その、〝騒然〟がすぎた処で。

ダイニングテーブルさんが、話を仕切り直した。

「晶子さんの事故は、実は、晶子さんが粗忽であった為ではなく、晶子さんが夫婦座布団さん赤の綻びに、足をひっかけてしまったせいである、と。碁盤さんは、それを糊塗《こと》したいが故に、あくまで自分が犯人であると主張した、と」

　そういう話になるのか？　いや、そういう話になるんだろう。けれどそれ、何だか微妙に納得がいかないような気が……。

ミーシャがそんなことを思っていると、ふいに、窓の方から。

「それはー、話がー、違うー、とー、思うー」

食器棚さんみたいに空白が多いんじゃない、なんだかもっとたどたどしい……本当にしゃべり慣れていないって風情の声がした。でも、その辺には、家具のひとは誰もおらず……いや、窓も、しゃべれるのか？　窓がしゃべったとしか思えないんだけれど、窓みたいな、家を構成している要素って、しゃべれたんだっけか？

「君は、誰だね」

ダイニングテーブルさん、まっすぐ窓の方を見ながら聞く。

「窓や壁がしゃべれたという話は、聞いたことがないのだが」

「カーテンー、レースのー、カーテンー」

あ、カーテンさんか。なんか、窓とあまりに一体になっているから、そこにカーテンさんがいることに気がつかなかった。（というか、確かに家具の一種ではあるんだけれど、今までミーシャ、カーテンさんが家具だって、思ってもいなかった。）

「見てー、くれればー、判るー。傷ー、だらけー」

「はい？」

この部屋の今まで会話に参加していたひと、ほぼ全員、意味が判らない。と、比較的カーテンさんの近所にいた新聞ストッカーさんが目を凝らして。

「おお。そういえば、引き攣《つ》っている処がある……っていうか、妙に引き攣れが多いな。……いや、見れば見る程多いな、凄い量あるな、カーテンさん、あんた病気か？　体調が悪いのか？　大丈夫か？」

……カーテンって病気になるのか？　瞬時ミーシャ、そんなことを疑問に思う。けど、カーテンさんの台詞が、ミーシャのそんな疑問をすぐに取っ払う。

「違うー、猫ー」

「ねこ？」

そうだ、この家には、猫が一匹いる。ミーシャが常々警戒している、とても凶暴で恐ろしい生き物が。

「猫ー、駆け上がるー」

「……ああ……そういえば……よくレースのカーテンを、猫が駆け上って、カーテンレールの上に登っているよなあ」

このダイニングテーブルさんの台詞に、部屋の中のひと、みんな納得。

「猫ー、駆け上がるー、傷ー」

「ああ。猫が駆け上がるから、その時爪をたてるから、レースのカーテンさんは引き攣れだらけになってしまった訳か。……それは確かに、同情に値するっていうか、猫酷いとは思うんだが、現在の裁判と、それに一体何の関係がある」

「犯人ー、猫ー」

「え？」

「座布団さんー、破けるー、犯人ー、猫ー」

え……ああっ！

☆

「そうかっ！」

成程、これですべての謎は解けた。まるっきりそんなことを言い出しかねないような口調で、ダイニングテーブルさん、口火を切る。

「夫婦座布団さん赤に、綻びがあったのは事実だろう。それに、晶子さんが足をひっかけて、転んでしまったのも事実。だから、一見、夫婦座布団さん赤が犯人に見える。……けれど、夫婦座布団さん、経年劣化で布地が自然に綻びるような年じゃ、まだ全然ない訳で、ということは、夫婦座布団さんに〝綻び〟を作った、真実の犯人がいる」

ここで、ダイニングテーブルさん、ちょっと息を呑《の》み。台詞を溜め。

「その、真犯人は……猫、だ！」

だけど、ダイニングテーブルさんがこう言う前に、この部屋のひと達、ほぼ全員が、真犯人は猫だって判っていたので……〝溜め〟まで作ったこの台詞に、感動してくれたのは、菟柄座布団さん達だけだった。

「ひゅーひゅー、ダイニングテーブルさん、かっけー」

「ダイニングテーブルさん、支持ー」

「いよっ、名探偵」

それからまた。もっと明確に、猫を非難する台詞が続く。

「…………食器棚はね…………食器棚は…………思うの…………。食器棚だって…………ばたばた…………したい…………。なのに…………できない。…………今…………食器棚はね…………ばたばたできる…………観音開きの扉をね…………ゴムでね…………留められているの…………。これ…………食器棚はね…………とっても哀《かな》しくてね…………、これ…………猫のせいなの…………」

そのとおりだ。食器棚さんの観音開きの扉は、もうずっと、開かないようゴムで留められている。んで、何でこうなったのかって言えば、猫が、観音開きの食器棚の扉を勝手に開けて、中に収まっているワイングラスや紅茶茶碗を下に落とす遊びをしたからだ。そのせいで、食器棚さんは、〝ばたばた〟できなくなっている。うん、最初っから、食器棚さん、〝ばたばた〟できないのが何か不満そうだったよね、それは、〝猫〟のせいだったのだ。

そして。

とどめは、恐ろしく太い声だった。今まで、誰も聞いたことがない声。しかも、物凄く、しゃべるのが、ゆっくり。

「か」

はい、か？

「べ」

か・べ？　いや、壁は、さすがに、家具じゃないでしょ？

「が…………み…………」

あ、壁紙さん、ね。

「は」

はい、は。

「が」

はが？

なんてやっていると、もの凄い勢いで時間がかかりそうなので。

この〝壁紙さん〟の台詞を纏《まと》めると、「壁紙は猫により剝がされた。あっちこっちで猫が爪を研ぐ為、壁紙は傷だらけになり、一回、傷ができ、そこを剝がしやすくなると、それは猫にとって楽しいらしくて、集中的にそこばっかり被害にあう」というものらしい。結果として、壁紙さんの一部は、もう、見すぼらしいとしか言いようがない程、猫によって剝がされまくってしまったらしいのだ。

だから。壁紙さん、断固として、猫を糾弾するのに参加したい……らしい。（あまりに壁紙さんの台詞がゆっくりすぎるので、その台詞の途中で、業を煮やした、壁紙さんの近くにいる、TVさんが台詞を纏めてしまったのだが。このTVさんの台詞のとりまとめに対して、壁紙さんから文句がでなかったということは、これ、ほぼ、正しいのだろう。いや、壁紙さんの台詞を、ちゃんと全部聞いていると、何時間かかるか判らないからね……。）

☆

「つまる処」

今回の裁判、どうやら、ダイニングテーブルさんのこの台詞で纏まりそうだ。

「問題は、猫、か」

「……猫、の、ようだな」

被告であった筈の碁盤さんも、いつの間にか、立場を忘れて大手をふってこう発言している。

そして。

傍聴していた、この家のすべての家具達、みんな、これに納得している。

いつの間にか。

裁判なんてもうどうでもいい。

ただ。

〝問題は猫〟。

この家の、人間二人を除く、ほぼすべての構成要員が、こう、確信した。

確信してしまった。


それは、正しいと思う。この家で、暴虐をふるっているのは、猫だ。

それに、ミーシャも、まったく文句はない。


だけど。

何だって、碁盤さん、わざわざこんな裁判をしたんだろう。

夫婦座布団さん赤をかばってっていうのは、夫婦座布団さん赤には悪いんだけれど、多分、きっと、口実だ。

碁盤さんが被告になった裁判の過程で、夫婦座布団さん赤が、我慢できなくなって自白する、そこまで、きっと、碁盤さんは、読んでいた。

そして、夫婦座布団さん赤が告白したら、更にそのあと、誰か、この家の誰かが、猫のことを告発する、そこまでもきっと、碁盤さんは読んでいた。

そして、いざ、猫が告発されたなら。間違いない、この家には、猫のことをかばうひとは誰もいない。むしろ、猫の糾弾に、拍車がかかるだろう。そこまで、碁盤さんは、読み切っていた筈。と、すると。

この〝裁判〟の、本当の目的は、たったのひとつだ。

猫を、糾弾すること。

芳樹さんと晶子さんが可愛がっていて、だから、この家の誰もが文句を言えない、そんな猫のことを、糾弾すること。

勿論。

家具や家財道具やぬいぐるみが糾弾したって、それは、猫にしてみれば痛くも痒《かゆ》くもないだろう。多分、何の問題も起こらない筈。

けれど。

どうしたって、糾弾したかったんだろう、碁盤さん、猫のことを。

そう思うと。もうひとつ、判ることがある。

何故、ミーシャが、裁判官に任命されたのか。

ぬいぐるみ、だからだ。

ぬいぐるみにとって、猫というのは、ほぼ、天敵に近い。

猫が、自分に噛《か》みついたり、自分を嘗《な》め廻《まわ》したり、自分を引っ張ったりした場合、ぬいぐるみには、対抗手段がまったくない。

そういうことをしない猫もいるけれど、そういうことをする猫だって、一杯いるのだ。

そして、問題になっている〝猫〟が、そういうことをするかどうか、それは、やってみなきゃ判らないっていう話になる。今まではやらなかったけれど、明日、猫が、それをやらないという保証はないっていう話になる。

だから、ミーシャは。

裁判官であるミーシャは、自分の命の為にも、猫を排斥する理由が山程ある。実際、できることならば、猫を排斥したい。


「判決」

ミーシャは、こう、宣言する。

「今回の、晶子さん救急車搬送事件の被告である、碁盤さんは、犯人ではないと認定します。また、途中で自白された、夫婦座布団赤さんも、犯人ではないと認定します。……この場合、真犯人は、猫、で、ある、と」

うんうん、うんうんうん、うん、うんうんうん。傍聴人みんなが、納得した気配。
かくて、こうして。
碁盤さんが要求した、家庭内裁判は、結審したのだ。

犯人、猫。

☆

そんでもって。
碁盤さんは、思うのだ。
犯人、猫。
みんなにそう思って貰えれば……これ、やらないより絶対やった方が、いいよなあ。
碁盤さんが心から戦慄したのは、この部屋に日本酒の木箱が置かれた時だった。

芳樹さんのお友達から、ちょっといいお酒の四合瓶を貰ったことがあって、そのお酒は、芳樹さんと晶子さんが仲良く二人で楽しんだんだけれど、それはかなりいいお酒だったので、木箱にはいっていた。その、四合瓶をいれた木箱が、しばらくの間、この部屋に放置されたことがあったのだ。

かりかり……かりかりかりかりかり……かりかり……かりかり。

あの時の恐怖を、碁盤さん、どう表現していいのか判らない。

なんと。放置されたその木箱に、猫が、爪を立て、一回爪を立てたらそれが楽しかったのか、その木箱で爪を研ぐようになり……気がつくと、木箱、その表面がずたずたになってしまっていたのだ。

いつ。

この木箱を見た瞬間。碁盤さんは思った。

いつ。

自分が、こうなるか、判らない。というか、いつだって、自分は、この家に猫がいる以上、こうなってしまう可能性がある。

自分で、猫が爪を研ぐ?

考えただけで死にそうな気分になってしまった、碁盤さん。

確かに。

それまでも、洋裁の為の台になったり、押し花の為の重しになったり、いろいろなことをしてきたよ、碁盤さん。けど、自分でもって、猫が爪を研ぐだなんて、そんなことは……。

勿論。碁盤を大切にしている、晶子さんや芳樹さんは、間違いなくこれを許さないであろうとは思う。けれど、禁止したって、猫がそれを守る訳がない。(だって、晶子さんや芳樹さんが怒るようなことを、今まで、ずっと、猫はやり続けているのだ。)

どうしたって。

これが〝抑止力〟になるかどうかまったく判らない、というか、抑止力にはならないだろうって判っていても。

それでも、これを、やらずにはいられなかった、碁盤さん。

お願いだから。

碁盤を……家具やぬいぐるみやその他のみんなを……守って。

猫に、掣肘《せいちゅう》を加えて。

それに。
人さえ見ていなければ、家具は少しなら、少しだけれど、動くことができるのだ。
それならば。みんなの総意さえ、まとまっていれば……。
あるいは。
……あるいは。

〈FIN〉

三角文書

葉真中顕

葉真中《はまなか》 顕《あき》

1976年生まれ。2009年児童向け小説「ライバル」で角川学芸児童文学優秀賞受賞。13年老人介護を扱った犯罪小説『ロスト・ケア』で日本ミステリー文学大賞新人賞を受賞。15年『絶叫』で吉川英治文学新人賞候補、日本推理作家協会賞（長編および連作短編集部門）候補。17年『コクーン』で吉川英治文学新人賞候補。近著の『政治的に正しい警察小説』に、将棋を題材に描いた短編が収録されている。

1

この世に神が在るのかは分からないが、とりあえずその部屋には紙が在った。

敬虔《けいけん》な宗教家にして考古学者でもある、ヒフミーン・メイ＝ジーン、その人の、掘り炬燵《ごたつ》が設置されたこだわりの書斎には、うずたかく紙が積まれている。従来の植物の茎から作った紙でなく、近年の技術革新により大量生産が可能になった木材を原料とした白い紙である。そして、それらにはびっちりと、こんな文字列が書き込まれていた。

▲7六歩△8四歩▲6八銀△3四歩——

超古代文明の遺跡『書庫《アーカイブ》』に保管されていた『三角文書《さんかくもんじょ》』と呼ばれる大量の文書群の一部を写し取ったものである。

ヒフミーンは、そのうち一枚を客人の前にかざし、独特の甲高い声で言った。

「クニヲさん、私ですねえ、『三角文書』について新しい発見をしたんですよ」

「ほう、発見ねえ」

炬燵の反対側で紫煙をくゆらせながら、どこか馬鹿にしたような目つきでヒフミーンを見つめる客人は、メイ＝ジーン家の現当主、クニヲ・メイ＝ジーンだ。ヒフミーンの父方の従兄弟《いとこ》にあたり、幼い頃《ころ》から商才に長《た》け、当主になるやいなや、没落しかけていたメイ＝ジーン家をあっという間に復興させた傑物である。社交界では伊達者《だてしゃ》として知られ、中年と呼ばれる歳《とし》を過ぎたいまでも、三色メッシュの美しい髪と、均整の取れた体軀《たいく》を維持している。しかし、毀誉褒貶《きよほうへん》相半ばする御仁でもあり、悪い噂《うわさ》の絶えたことはない。商売を広げるために相当汚いことをやっているし、年中発情したように様々な女性と浮名を流している。何を隠そう、いま吹かしている煙草《タバコ》だって、向精神作用のある脱法煙草なのである。

対してヒフミーンは、神と学究にその身を献《ささ》げた、天衣無縫を画《え》に描《か》いたような御仁である。ただあまりに天衣無縫であるがゆえに、世情にはうとい。必要がなければ何日も外に出ることなく、ひねもすこの書斎の炬燵で丸くなり、神のことか、あるいは古代のことに想《おも》いを馳《は》せて過ごしている。およそ人の目を気にすることはなく、歳と共に代謝が衰えようとも、身体《からだ》は肥《ふと》るに任せ、毛も白くなるに任せ、ついには近所の子どもらから「白い怪人」などと呼ばれる有り様なのである。さりとて、そんなことを気にするヒフミーンでは、もちろんない。

クニヲは日夜、忙しく世界中を飛び回る身だが、時折、この自分と正反対の従兄弟の元にふらりと現れ「ちょっと時間を潰《つぶ》させてくれ」などと、勝手にくつろいでいく。どうも気晴らしにヒフミーンをからかっている節もあるが、お人好《ひとよ》しの白い怪人はそんなことには気づきもせずに、いつだってクニヲを歓迎するのである。

「私はね、『三角文書』は、古代人の祈禱《きとう》だと思うんです」

ヒフミーンは、にこにこと満面の笑みを浮かべながら、自説を開陳する。

クニヲは、ふっと煙を吹き出して言った。

「祈禱ねえ……、でもヒフミーン先生よ、『三角文書』は楽譜だっていうのが定説ってこたあ、素人の俺《おれ》でも知ってるぜ？」

確かに、クニヲの言う通り、現在は、この『三角文書』は楽譜だとする説が支配的である。

『三角文書』は、たとえば「▲7六歩」といったように四つの文字を一塊にした「単語《ワード》」の繰り返しで記述されている。

ワードの構成には法則があり、
一文字目は『三角文書』という名称の由来にもなった「▲」か「△」の記号どちらか。

二文字目は「1」「2」「3」「4」「5」「6」「7」「8」「9」のいずれか。

三文字目は「一」「二」「三」「四」「五」「六」「七」「八」「九」のいずれか。

四文字目は「歩」「金」「銀」「飛」「角」「桂」「香」「と」「龍」「馬」「王」「玉」のいずれかとなっている。

これを基本とし、ときどき、「同」「上」「下」「左」「右」「引」「成」などの文字が付け足された「例外ワード」が交じる。

どの『三角文書』でも最初のワードは必ず「▲」から始まり、二つ目のワードは必ず「△」から始まる。以降、奇数ワードは「▲」から、偶数ワードは「△」からで、交互に繰り返される。

一つの『三角文書』の長さはまちまちで、短いものは一〇ワードほど、長いものだと三〇〇ワードくらいのものもある。

超古代文字の解読研究によれば、『三角文書』に使われている文字のうち、一番目の三角形は汎用《はんよう》記号で、二番目と三番目はそれぞれ一～九までの数字、四番目は表意文字であるとみて、ほぼ間違いないようだ。

この『三角文書』をたとえば二人で交互に演奏するような楽器の楽譜と考えれば、概《おお》ね辻褄《つじつま》が合う。各ワード一文字目の「▲」と「△」は演奏者を示し、以下の数字と表意文字の組み合わせで運指を示しているわけだ。例外ワードは半音の上げ下げのような処理を示すのだろう。

ヒフミーンとしても、その点に異論があるわけではない。

「いやいや、私もね、楽譜説を全否定しているわけじゃありませんよ。ただ、私が重要だと思うのは、何のための楽譜なのかということなんですねえ。発掘された『三角文書』には、完全に同じものは一つもありません。でも、部分的な一致は極めて多いんですね。たとえば、最初のワードはほとんどが『▲7六歩』か『▲2六歩』のどちらかです。はじめの二～三〇ワードくらいまでは、まったく同じって文書も、かなりたくさんあるんですよ。これは私たちが普段目にする楽譜に比べても、相当に自由度が低いと言えます」

「そりゃあ、超古代人の音楽には細かい決まりごとがたくさんあって形式的だったたってことじゃないのか」

「はいはい、まさに。まさにそうなんです。『三角文書』はただの楽譜にしては、あまりにもたくさんの制約《ルール》に縛られて記述されているようなんですねえ。それはなぜでしょうか？ 私は、これがなんらかの宗教的な儀礼に用いられた音楽の楽譜だからだと思うんです。そのため、形式がかっちりと定められているんですよ。決して『△』から始めてはいけませんし、最初に『▲５五王』なんてしてもいけないんです」

「宗教ね。で、祈禱だって言うのか？」

「ええそうです。宗教音楽というのは、神に捧《ささ》ぐものです。つまり、私たちより高度な文明を持っていたはずの超古代人も、神を信じていたと言えるんですねえ。私たちが神を否定する必要なんてどこにもないんですよ」

自信満々で言い切るヒフミーンを、クニヲは鼻で笑う。

「はっ、なんだ。何が発見だよ、完全におまえの想像じゃないか」

「そ、想像じゃありませんよ……、推測、です」

「どっちにしろ、ただおまえが思ってるだけだろ。まあ、その点では神の存在と一緒か。高度な科学文明を持っていた超古代人が、神なんて不合理なもんを信じていたとは、俺には到底思えんけどな」

　クニヲは文明の上に「科学」を付け足して言った。

　超古代文明の『書庫《アーカイブ》』からは、『三角文書』の他にも様々な資料が発掘された。超古代人たちはヒフミーンたち現生人類よりも高度な科学文明を築いていたようで、これら資料がもたらした知識は、人々の暮らしを豊かにした。ヒフミーンが愛用する紙や炬燵もその産物である。

　このこと自体は、決して悪いことではないが、クニヲのような自称合理主義者は公然と神の存在を否定するようになってしまった。しかし、ヒフミーンからすれば、それは完全にお門違いなのである。

　ヒフミーンは反論する。

「いや、クニヲさん、それは誤解なんですよ。そもそもですね、私たちの文明でも、超古代文明でも『科学』なるものが生まれた理由は同じ、神の存在を証明するため、です。神の存在を誰にでもわかるように示すために、この世の万物を『思惟《しい》するもの』と『延長するもの』、つまり、主観と客観に切り分けたことから、科学的な思考は立ち上がりました。ですから、科学を突き詰めれば、いつか神に近づくはずなんですねえ。私が考古学に没頭するのも、むしろ神の存在を証明するためでして」

「何言ってんだよ。ちょっと前までおまえが『絶対にあり得ません』だの『神への冒瀆《ぼうとく》です』だのと否定していた進化論だって、もう疑いようがないだろ」

「うっ」

ヒフミーンは言葉につまった。

全知全能の神が、自らに似せて人を創造した——という神と人の関係の根幹は、太古の地層から、超古代文明の遺跡と、その担い手らしき生物の化石が発見され、大いに揺らいだ。驚くべきことに、この生物の骨格は、現生人類とまったく違ったのである。

しかも『書庫《アーカイブ》』から発掘された一部の資料によると、その超古代人たちは、すべての生物は共通の祖先から枝分かれするように進化したという『進化論』なる説を信じていたらしいことがわかった。

これはあまりにも衝撃的な発見であったため、当初は、何かの間違いと思われていた。ヒフミーンも、そんなことはあり得ないと否定していた。

しかし、発掘が進むにつれ、かつてこの世界に現生人類と似ても似つかない超古代人が存在していたという証拠が次々と見つかり、更には進化論によって、生物学や考古学上の様々な謎《なぞ》が見事に説明できてしまうことがわかってきたのだ。

「いいか、ヒフミーン。おまえがどう思おうと、神なんていないし、俺たち人類は猫から進化したんだ。さらに俺たちの前には、猿から進化した猿型人類がいたんだよ」

自分で発見したわけでもないだろうに、クニヲは勝ち誇ったように言うと、自慢の三毛を掻《か》き上げ、気持ちよさそうに向精神植物入りの煙草を吹かした。

ヒフミーンはとっさに言い返す言葉が見つからず「うにゃにゃ」と右手で顔を洗う。

確かに、もはや、まともな学者で進化論を疑う者はいない。ヒフミーン自身、いまでは、人類があのミャアミャアと鳴く可愛《かわい》らしい動物から進化したことを認めるのが、知的誠実さと思っている。無論、だからといって、信仰まで捨てる気はないのだが。

二人のやりとりはいつもこんなふうで、クニヲは、意地悪に神を否定してみせて、敬虔なヒフミーンが困るのを楽しそうに眺めるのである。

「ああ、そうそう。昨日の新聞に、ハーヴ・キシンが解読に成功した超古代人の箴言《しんげん》が載ってたぜ。読んだか?」

「いえ、読んでませんが……」

世界連邦アカデミーの長官を務めるハーヴ・キシン博士は、万学に精通する当代随一の学者だ。進化論がそうであったように、超古代人の『書庫《アーカイブ》』から得られる知識は、野放図に公開すると市井を混乱させかねないものも少なくない。よって世界連邦政府は『書庫《アーカイブ》』を、最高機密に指定し、その一次研究に携わるのはハーヴ博士をはじめとしたごく少数の学者のみと定めた。ヒフミーンのような在野の学者が行う研究は、ハーヴ博士が公開してもよいと判断した資料に対する二次研究なのだ。

「ハーヴによると、超古代文明の哲学者はこんな言葉を残していたそうだぜ――」

クニヲは皮肉な笑みを浮かべて言った。

「――『神は死んだ』となー」

「うにゃにゃ」

ヒフミーンは困ったように顔を洗い、クニヲは呵々大笑《かかたいしょう》するのであった。

2

それでも、神は存在する。

科学なるものが世界の真理を探求するものであるならば、それは発展すればするほど、神に近づいてゆくはずだ。猿型人類は、その優れた科学力ゆえに、現生人類よりも強く神の実在を確信していたに違いない――

そう信じて、我らが白い怪人ヒフミーン・メイ＝ジーンは、今日も今日とて『三角文書』の解読に励むのであった。

ヒフミーンの白髪に覆われた巨大な頭の中では『三角文書』が神に捧げる祈禱のための楽譜であることは、すでに疑いようのないことになっていた。しかれば、自らも神に仕える身として、是が非でもその祈禱の音楽を聴いてみたい、いや、奏でてみたいと考えるようになるのは、高き樹木になった果実が地に落ちるがごとくの必然であった。

かくしてヒフミーンは、超古代文明の楽器を再現しようと研究を進めていったのである。

ヒフミーンはまず『三角文書』の記述から、超古代文明の楽器は弦楽器であると考えた。たとえば「▲5八金右」といったワードは、一文字目が演奏者、二文字目が弦の番号、三文字目が押さえるフレット（音程を変えるために弦を押さえる位置の基準）の番号、四文字目が押さえる指、五文字目が半音上げ下げなどの変化記号、を示しているのではないか、と。

だとすれば、この超古代文明の楽器は、九本の弦と九つのフレットからなる弦楽器ということになる。そしておそらく、一台の楽器に二人が向かい合い、弾くのではないか。

ヒフミーンは、これらの仮説に基づいて試作品をつくってみることにした。

何でも実際にやってみるということは重要である。信仰は実践によって鍛えられる、というのはヒフミーンのモットーでもあった。

神が存在するこの世界では、間違った実践は失敗し、人には過ちを正すチャンスが与えられる。これを繰り返すことによって、人は真理に近づいてゆく。まさに、神に導かれるがごとくに。敬虔な宗教家たるヒフミーンは、神を信じるがゆえに、試行錯誤の大切さをよく認識していたのだ。

意外に、と言ったら失礼になるかもしれないが、ヒフミーンは手先が器用で工作は得意である。九つの弦と、九つのフレットが等間隔で交差する、真四角の弦楽器はすぐに完成した。が、これは二人で弾く楽器である。実際に演奏してみるにはもう一人必要だ。

そこでヒフミーンが、（比喩《ひゆ》的な意味だけでなく、実際の重量としても）重い腰を上げて、誰か協力者を探しに行こうと思ったとき、ちょうどよく、従兄弟のクニヲが遊びにやってきたのだった。

「なんだ、おまえさん、まだ『三角文書』とにらめっこしてるのかい。腹の足しにもならんだろう」

クニヲはからかうように言ったが、ヒフミーンには通じない。

「ええ、ええ。もしかしたら、超古代文明の知恵により、神に近づけるかもしれないと思うと、寝食も忘れてしまいます」

「何が寝食を忘れるだよ、おまえ、ちっとも瘦《や》せてないじゃないか」

ヒフミーンのでっぷりと突き出たお腹《なか》は、前にクニヲが訪ねてきたときと変わらず、否《いや》、むしろ、幾分膨れたようですらあった。

「うにゃにゃ、そうですか？　不思議なこともあるものですねぇ」

などと首をひねるヒフミーンであったが、実は不思議なことなど何もないのである。確かにヒフミーンは研究に没頭していたものの、その傍らで無意識のうちに台所を物色し、大好物のチョコバーやら鰻缶《うなぎかん》やらミカンやらを四六時中食べていたのだ。

付き合いの長いクニヲはそれを見抜いており「何言ってんだ、どうせ自分でも気付かぬうちに、ばくばく食ってんだろう」と、苦笑するのであった。

「それにしても、クニヲさん、いいところに来てくれました。ちょうど、超古代文明の楽器を試作してみたんですよ」

ヒフミーンは、自身の仮説に基づいてつくってみた楽器をクニヲに見せた。

「ほほう、これがなあ……。でも、あくまで試作品、おまえが想像してつくっただけのものなんだろう」

「そうなんです。ですから、私は自分の想像が、果たして合っているのかを、是非確かめたいんです。クニヲさん、手伝ってくれませんか」

「ふむ、面白そうじゃないか、ちょっと付き合ってやるよ」

二人はとりあえず短めの『三角文書』を選び、これを参考に、楽器を弾きはじめた。

その『三角文書』の最初のワードは▲7六歩であった。ヒフミーンは第七弦の六番目のフレットを親指で押さえながら、つま弾いてみた。ビヨ～ンと、間の抜けた音が出た。

次のワードは△8四歩であった。クニヲが第八弦の四番目のフレットを親指で押さえて、また、ビヨ～ン。

三つ目のワードは▲6八銀。ヒフミーンが第六弦の八番目のフレットを中指で押さえて、ビヨ～ン。

しばらく続けてみたが、どうにも音階もへったくれもない、音の羅列に過ぎない。とてもこれが、神に捧げる祈禱の音楽とは思えなかった。

「なんだあ？　超古代人の音楽って、こんなへっぽこだったのか」

「いえいえ、クニヲさん、さっきあなたが言ったように、これはあくまで試作品ですから……」

「だよなあ、いきなり上手《うま》くいくわけねえか。気の利いたもんができてたら、商品化してどーんと売り出そうと思ったんだがな」

商才に長けたクニヲは、ヒフミーンには決して思いつかないであろう娑婆《しゃば》っ気《け》に溢《あふ》れたことを言いながら、苦笑した。

一方のヒフミーンは、考える。どのように改良したら、もっと音楽らしい音楽を奏でられるようになるのだろうか。

たとえば、一度押さえた弦はそのままに、押さえる箇所を増やしてゆき、和音《コード》をつくったりするのだろうか。いや、しかしそれでは、指の動きが複雑過ぎてこんがらがってしまう。

一生懸命に考えるヒフミーンをよそに、クニヲは飽きてしまったのか、炬燵の上に散らばっていたクリップを手に取り弄《もてあそ》びはじめた。紙を整理し、まとめるのに使っているものだ。クニヲは、それを弦に挟む。

「クニヲさん、何するんです、そんなことして壊れたら……」

言いかけて、ヒフミーンは、はっとした。

確かにこうすれば、指でやるよりずっと弦を押さえやすい。もしかして弦を押さえるのは、指ではないのでは？

「ちょ、ちょっと待ってください！」

ヒフミーンは『三角文書』を参考にクリップを次々、弦に挟んでゆく。

「おい、おまえこそ、何やってるんだ?」

「いえ、もしかしたら、超古代人の楽器は、指ではなく、こういう道具を使って演奏するものではなかったのでしょうか」

ヒフミーンは挟んだクリップを『三角文書』の記述に従い、動かしながら、弦を弾いてみる。けれど奏でられる音は相変わらず、音楽にならなかった。

しかし、だ。クリップの動きには、奇妙な法則が働いているように見えた。まるで巨大な集団が動いているような——、そう思ったとき、ひらめきは舞い降りたのだった。

楽器じゃ、ない……?

『三角文書』は、楽譜ではないのではないか?

たとえば、こういう九×九の格子状に区切られた盤の上で、人に見立てた駒《こま》を動かす儀式のような。

ヒフミーンは、手元の『三角文書』を元に、楽器の試作品の上でクリップを動かしてゆく。ああ、そうだ、そうに違いない。これは、楽器の運指ではなく、駒の動きを記録したものなのだ。するとワードの四文字目の「歩」とか「金」とかは、駒の名前を示す記号ではないのか。

『三角文書』は楽譜であるという定説を覆す、まさに発想の大転換が起きた瞬間だった。

「ひょー!」

ヒフミーンはこの発見に、思わず奇声をあげた。

「う、うわ！　び、びっくりしたな、おい、どうしたんだ、ヒフミーン？」

驚いたクニヲが呼びかけてくるが、ヒフミーンには聞こえていなかった。夢中で『三角文書』を捲《めく》り、クリップを動かしてゆく。

楽譜説が覆っても、ヒフミーンの祈禱説は覆らない。いや、むしろより、信憑性《しんぴょうせい》が増したように思える。すなわち、これは、『三角文書』とは、盤と駒を使い、神に捧ぐ祈禱の儀式を再現するものではないのか。いや、あるいは、あるいは、もしかしたら。超古代人は、この儀式によって神との接触、神降ろしさえしていたのではないか。

ヒフミーンの多分に願望を含んだ推測は、大回転していた。

「おーい、ヒフミーン！　ヒフミーンさん、ヒフミーン大先生よぉ！」

クニヲがいくら呼びかけても、ヒフミーンの耳には入らず、返事は返ってこないのであった。

「……ったく、しょうがねえな。おまえは小さい頃からそうだよ。何かに夢中になると、周りが全然見えなくなるんだ。まあ、いいさ。俺もそろそろ愛人のとこに行く時間だしな。また来るぜ」

クニヲはそう言って書斎を辞したが、無論、ヒフミーン本人は、そのことに気づきもしなかった。

ヒフミーン・メイ＝ジーンは、「怪人」の通り名のごとく常人離れした集中力を発揮し、それから不眠不休で（ただしもりもり食べながら）新しい仮説に基づき『三角文書』の解読を続けたのである。

この〝超古代人の儀式〟を再現できたら、神に近づくことができるかもしれない。その一心で。

はじめのうち、ヒフミーンは、駒は九×九マスの盤上を不規則に動き回っているのだと思っていたが、幾つもの『三角文書』を読み比べるうちに、ある気づきがもたらされた。

この気づきのきっかけになったのは、「▲5八金右」のような「例外ワード」の存在である。

通常四文字のはずのワードに、「右」「左」などの五文字目が足される。これら五文字目は、おそらく駒の動きに対する補足なのであろう。なぜ補足が必要となるかといえば、補足を付けなければ、わかりにくい動きがあるからだ。それは何か……、たとえば、同じ駒が幾つかあるとしたら。

この発想にたどり着いたとき、見える景色ががらりと変わった。

同じ駒が複数あるという前提で、駒の動きを整理してゆくと、それまで不規則と思えていたそれに、規則性が見つかったのだ。そう、これら駒は、その種類によって動き方のパターンが決まっていたのだ。

ヒフミーンは、厚紙で盤と駒を試作してみて、『三角文書』のとおりに実際に動かすことを何度も繰り返し、駒の数と動きを一つずつ特定していった。

一番、難航したのは『三角文書』に最も多く登場する「歩」という駒だ。その動きはあまりにカオスで、整理するのも難しかった。しかし、他の駒の動き方には明らかな規則性がある、「歩」

だけが例外であるわけがない。そう思い、根気よく可能性を探るうちに、ついにヒフミーンは、これだと思える答えにたどり着いた。わかってしまえば簡単で、「歩」だけが極端に数が多いのだ。その数が動きを複雑に見せていただけで、「歩」自体の動きは、一度に一歩だけ前に進むという、ごく単純なものだった。

こうして駒の数と動きがわかると、付随的に様々なことがわかるようになった。

この〝儀式〟では、まず最初、駒は「▲」側と「△」側に分かれて陣形を組んでいるということ。この陣はすべての『三角文書』で共通で、一列目の中心に「王」(あるいは「玉」)がいて、これらを囲むように他の駒が配置されているということ。最初の陣の中にいない「と」「龍」「馬」などの駒はそれぞれ、「歩」「飛」「角」が相手側の陣に入ることで変化して登場するということ。駒が動いていく中で、駒同士が同じマスでぶつかった場合、あとからきた側が、先にいた側を取り込んでゆくということ。そして、どちらの側も、最初の陣で中心にいた相手の「王」(あるいは「玉」)を攻め、守るような動きをしているということ。

こうして細部まで明らかになってゆくにつれ、ヒフミーンは、気付いた。

これじゃあ、まるで戦争のようではありませんか――。

『三角文書』が示す、盤上での駒の動きは、とても祈禱のようには見えず、まさに争い、敵を討つことを目的とした戦争を模したもののようだった。

といっても、現実の戦争を記録したものではないだろう。あくまで戦争を模しただけの……遊び。たとえば、二人で交互に駒を動かして、相手の「王」（あるいは「玉」）を取り合うといった遊戯《ゲーム》ではないのか。

なるほどそういうゲームの記録として『三角文書』を見返してみると、多くは最後にどちらかの「王」（あるいは「玉」）が、逃げようがなく追い詰められた状態で終わっている。また、いくつかの『三角文書』でワードが部分的に一致するのは、ある程度パターン化された戦術が存在するからだ。

そう考えると、すべての辻褄が合う。

ああ、しかし、しかし。

これがゲームであるということは、すなわち祈禱ではあり得ないということではあるまいか。

ヒフミーンの情熱と、真摯《しんし》な探究心は、当初抱いた願望とは違う事実にまでたどり着いてしまった。

『三角文書』は神とは縁もゆかりもない、ゲームの記録だったのである。

3

「しかし、おまえ、こりゃ酷《ひど》い有り様だな、おい」

およそ数ヶ月ぶりに、ヒフミーンの元を訪れたクニヲ・メイ＝ジーンは、顔をしかめた。

我らがヒフミーン・メイ＝ジーンのこだわりの書斎は、そこら中に『三角文書』を写し取った紙が散乱しており、足の踏み場もない。さらに、そこにヒフミーンの巨体から抜けたとおぼしき白い体毛も、大量に散らばっていた。

ヒフミーンは、少しやつれた顔で、客人に挨拶《あいさつ》をした。

「ああ、クニヲさんですか。いらっしゃい」

「いらっしゃい、じゃねえよ。換毛期なんだ。ちょっとは掃除しろよ」

「あ、うーん。そうですね」

ヒフミーンは、辺りを見回し、今はじめて気付いたかのように言った。

身体中を被《おお》う毛が、春と秋の換毛期に、ごっそり抜けて生え替わるのは、かつては、季節を知らせるため神がそのように人間をつくったと信じられていたが、進化論の登場以来、猫から進化したゆえと考えられるようになった。猫は季節ごとに換毛することで、毛の量を調節し、冬の寒さをしのぐ。服を着て生活するようになった人間には、必要のないことなのだが、身体の機能としてまだ残っているのだ。

「なんだよ。おまえ、あれから、親戚《しんせき》の集まりにも出てこなかったが、ずっと『三角文書』を調べていたのか」

「え、ええ、まあ」

「ったく、しょうがねえな。そういや、こないだ急に変な声出してたけど、あれから何か、進展したのか？　超古代人の楽器の新しい試作品はできたのかよ」

「楽器？」

ヒフミーンは、きょとんとした。

「いや、おまえさんは、超古代人の楽器を再現しようとしてたんだろう？　『三角文書』は神に捧げる祈禱のための音楽だとか言ってよ」

「あ、ああ。そうでした。そうでした、それで、うん、クニヲさん、あのときはありがとうございます。あなたのお陰で、大きな発想の転換が起きたんです！」

ヒフミーンは急に興奮したように、声のトーンを上げた。

クニヲは面くらいつつ、相づちを打った。

「お、おう。そうか。確かあんとき、道具を使って演奏するんじゃないかとか言ってたが、で、どうなったんだ？」

このとき、クニヲの頭の中にあったのは、無論、この白い怪人が、前よりもましな楽器をつくっていたら、そいつを商品化して一儲《ひともう》けしようということだった。

超古代文明は、世間の一大関心事だ。だからもし、超古代人の楽器を再現できた、などということになれば、大いに注目されるだろうし、みんな欲しがることだろう。この際、本当に再現できているかは関係ない。差しあたり、それなりの音色で演奏することができ、考古学者の端くれでもあるヒフミーンが太鼓判を押していれば、世間は「こういうものか」と納得する。そういう意味で、ハードルは低いのだ。

実は結構な期待を持っていたクニヲであったが、ヒフミーンその人の口からは、予想外の言葉が出てきた。

「ああ、それは、その……。そもそも楽譜じゃなかったんですよ『三角文書』は」

ヒフミーンの声のトーンはしぼむように落ちていった。

「はあ？　じゃあ何だってんだ？」

「それはですね。遊び、というか、ゲームの記録だったのです」

「ゲーム？」

「ええ、ええ、クニヲさん、これを見てください」

ヒフミーンは、厚紙で自作した盤と駒で、自らが突き止めた超古代人のゲームを説明しはじめた。

最初のうち、クニヲは、またこいつは変なことを言い出したと、半信半疑というか、半ば馬鹿にしてそれを聞いていた。

しかし、聞くうちに引き込まれていった。

ヒフミーンが大量の『三角文書』の記述から帰納的に、駒の数や動き、さらに細かいゲームのルールを推定してゆく過程は、なかなかのものだったし、従来の楽譜説を覆すのに十分な説得力を感じた。

また、これがクニヲにとって最も重要なことだったが、このゲーム、実によくできているのだ。駒の動かし方やルールは、わかりやすく、それでいて奥が深い。戦争を模しただけあって、きわめて戦略性が高い。九×九の八一マスという限られた空間が、無限の広がりを秘めているかのように思える。また、相手の駒もすべて目に見えているから、偶然の要素が絡まない。一対一の頭脳勝負になるわけだ。これは、やってみたらかなり熱くなるんじゃないか。

こいつは、売れるぞ！

クニヲは舌なめずりをした。そもそも、楽器よりゲームの方が売りやすい。本当にありがたい大発見だ。

しかし、当のヒフミーンは、どこか浮かない様子である。

クニヲのように商売っ気はないにしても、従来の定説を覆したのだ。学者としても大きな成果だろうに。

「なんだ、おまえ、こんだけの発見をしといて、なんでそんなネズミに鼻を嚙《か》まれたような顔をしてるんだ？」

「はあ、まあ、発見は発見なんですが……。やはり祈禱ではなかったというか、『三角文書』は、超古代人の信仰とは関係のないものだったようなので……」

クニヲは思わず苦笑した。クニヲからすれば、現生人類よりも高度な科学文明を築いていた超古代人が、神を信じていたとは到底思えない。だから『三角文書』が祈禱でなかったのも、当然に思えた。

皮肉の一つも言ってからかってやりたくなるのを、ぐっと堪《こら》えるクニヲだった。今、ヒフミーンにヘソを曲げられるのは上手くない。

「そうか、そいつはお気の毒様だな。とまれ、この大発見を世に知らしめないわけにはいかない。論文は書いてるのか」

「まあ、一応」

ヒフミーンは、炬燵の上に散らばった紙束から、紐《ひも》で綴《と》じたものを抜き出し、クニヲに見せた。それには、ヒフミーン独特の乱筆で、『三角文書』を超古代人のゲームの記録として解読した経緯、および、そこから導き出されるゲームの内容についてまとめてあった。

「よし、じゃあこいつを早速、世界連邦アカデミーに提出しよう。面倒な事務手続きは全部俺がやってやる。その代わり、研究成果を利用する権利を俺にくれないか？」

世界連邦アカデミーは、全人類の「知」を司《つかさど》る機関である。学者が研究の中で何らかの成果をあげた場合は、ここに論文を提出することが義務づけられている。そして査読を受け、認められた場合、世界連邦政府が発行する学術誌に論文が紹介され、その研究の商用利用などの権利が論文提出者に与えられる仕組みだ。

義務とはいっても、論文を提出しなくても罰則の規定はないのだが、他の誰かが同じ発見をして先に論文を提出してしまえば、権利も名誉もそちらのものになってしまう。もっともヒフミーンの場合、考古学の研究は、もっぱら知的好奇心の充足のためにやっているようなところがある。また、元来出不精で事務的な手続きも苦手だ。だから研究結果を書き留める意味で論文を書くものの、提出せずに、こんなふうにほったらかしにしてしまうことも少なくなかった。

そんなヒフミーンだったから、クニヲの申し出を断る理由などあろうはずもない。

「ええ、構いません。クニヲさんのいいようにしてください」

うにゃにゃと顔を洗いながら、頷《うなず》くのだった。

内心、しめしめとほくそ笑んだクニヲは、早速、論文を世界連邦アカデミーに提出し、超古代人のゲームの商品化に着手した。

クニヲは盤と駒を木でつくることにした。木製であれば、加工が簡単でコストを抑えて大量生産することができるし、使う木の種類によって、廉価品から高級品まで多くのラインナップを揃《そろ》えることができる。

また「超古代人のゲーム」では、商品名としてはやや長く説明的すぎるので『ショーギ』と名づけることにした。特に意味はない。自宅で新しい商品名を考えていたときに、たまたま、庭で鳥が鳴いた声がそう聞こえ、悪くない響きに思えたので、使ったまでだ。今の人類文明にはないゲームなので、その名も意味などない方がいい。

こうして売り出された『ショーギ』は、クニヲの予想どおり、いや、予想を超えて、反響を巻き起こし、爆発的に流行した。

これは、『ショーギ』というゲーム自体が持つ奥深さと面白さもさることながら、多くの人々が抱いている、超古代文明への憧《あこが》れが反映したものかもしれない。

やがて『ショーギ』は、老若男女が楽しめる遊びとして定着し、各地で競技大会が開かれることとなった。そしてその大会の優勝者には、メイ＝ジーン家の家名をもじり『メイジン』という称号が与えられるようになったのである。

4

さてはて、自身が発見したゲームが巷《ちまた》を席巻する一方、我らがヒフミーン・メイ＝ジーンが何をしていたかといえば、相変わらず、炬燵のあるこだわりの書斎に籠《こ》もりっぱなしの日々を過ごしていたのである。

そして未《いま》だに『三角文書』の研究を止《や》めていなかった。否、止められなかったというのがより正確であろうか。

それが祈禱ではなく、神の存在とは無関係のゲームの記録であったことに、敬虔な宗教家としてのヒフミーンは、少なからぬ失意を覚えていた。しかし同時に、考古学者としてのヒフミーンの知的好奇心は、大いに刺激されていたのであった。

クニヲが『ショーギ』と名づけたこのゲームの奥深さは、実際に遊んでみれば誰もがわかることではある。たとえるならそれは、大いなる深淵《しんえん》を覗《のぞ》き込み、「ああこれは、とてつもなく深い」と感嘆するようなものだろうか。

ただし、このゲームの深淵に底があることは、はっきりとしている。

なぜならば、ゲームの舞台となる盤面の広さも、その上で動く駒の数も、有限であるからだ。ならば、駒の動きの組み合わせも有限である。それはつまり、このゲームには結論があるということだ。

そしてその結論も次の三つのどれかであることは自明である。▲側と△側、双方が最善を尽くした結果、▲が必ず勝つ（先手必勝）、△が必ず勝つ（後手必勝）、あるいは、無限に同じ手順を繰り返し永久に決着が付かない（引き分け）、のどれかだ。

それがどれか、ゲームの奥の奥、深淵の最深部に何があるかは、実際にそこまで潜《もぐ》らなければわからない。しかし、有限であるはずの組み合わせは、実際に駒を動かして試してみようとすると、無限と思えるほどきりがない。それでも試行錯誤を重ね、この組み合わせを探りゆくことこそが、深淵へ至る道筋であろう。

ゲームを発見し、ルールを理解した今、人類は、やっとその一歩目を踏み出したところなのだ。

だが、すでに先に潜っている者たちがいる。言わずと知れた、このゲームを考案した、超古代人である。『三角文書』とは、超古代人たちがこのゲームの深淵に潜っていった歴史、その性質からいえば、知的な足跡の記録でもあるのだ。

その意味で『三角文書』の解読は、実はまだ終わっていなかった。これがゲームの記録であることを突き止めたのは、単なる前提の理解に過ぎない。

『三角文書』を深く読んでゆくと、そのワード、すなわち駒の動かし方、一手一手には意味があることがよくわかる。盤の一番端に位置する「歩」を何となく一マス進めただけに思える一手が、のちのち相手の「王」を仕留めるため、決定的な役割を果たしている、などということがざらにある。そんな手の意味を説き明かしてゆくことこそが、真に『三角文書』を解読するということであろう。

こうした観点で『三角文書』を丁寧に読み込んでゆくと、超古代人が、長い時間をかけて様々な戦術や戦法を編み出し、進化させていっていたことが、見て取れるようになってきた。

たとえば、「飛」という駒の使い方。

「飛」は、前後左右にどこまでも進める強力な駒であり、攻めの要となる駒だ。この「飛」は初期状態で盤の右側に配置されており、そこから大砲のように敵陣を睨《にら》むのがオーソドックスな戦い方だ。が、あえて序盤で「飛」を左側に動かすケースもある。これは「飛」がいたところに「王」を退避させ守りを固め、攻めを待ち反撃を狙《ねら》う戦法だ。この戦法に対して、迂闊《うかつ》に攻めると餌食《えじき》になってしまう。そこで、相手も工夫して守りを固める戦法をとるようになる。すると今度は「飛」を動かした側は、攻めを待たずに相手の守りが固まりきる前に、攻める戦法を編み出す……。と、いった具合に、一つの優れた戦法が生まれると、ほどなくしてその対策が編み出される。

それが幾度となく繰り返され、戦法は緻密《ちみつ》化し、高度化してゆく。

ヒフミーンは、『三角文書』を通じて、超古代人の知的足跡をたどることに夢中になった。

ヒフミーンにとって最大の関心事は「超古代人はどこまで潜れたのか?」ということだった。深淵の底、このゲームの結論までたどり着けたのか、どうか。

『ショーギ』の大ヒットで仕事が忙しくなったのか、クニヲが訪ねてくることもなく、ただ一人で、ヒフミーンは大量の『三角文書』を読んでいったのである。

が、この研究は途中で壁に阻まれることになった。

『三角文書』の中に、どうしても理解できないものが少なからず、見つかるのだ。ここで言う「理解できない」とはすなわち、手の意味が理解できないということだ。最初は、初心者が滅茶《めちゃ》苦茶《くちゃ》に駒を動かしているのかとも思った。しかし、そうではないようだった。なぜならば、多くのケースで、理解不能な手を放った方が、勝っているのである。

勝っているということは、それらはいい手のはずだ。しかし、どれだけ考えても、なぜいい手になるのかがわからないのだ。『三角文書』の研究を続ける中で曲がりなりにもヒフミーンが身につけたこのゲームについての常識を破壊してしまうような、まさに〝異次元の手〟なのだった。

更にはこの〝異次元の手〟を使う者同士の対戦と思われる『三角文書』もあり、それらは、完全に理解不能であった。

しかしながら、それは美しいのだ。

〝異次元の手〟が飛び交い理知的には何が起きているのかわからず、決着がついたあとも、なぜこちらが勝ちになり、あちらが負けになるのかもわからない。そんな不可知の対戦にも拘《かか》わらず、それを盤上で再現すると、そこには「美」としか言いようのない何かがあったのである。

なんなのでしょう、これは？

ヒフミーンは、まるで巨大な壁の前で呆然《ぼうぜん》と立ち尽くし、それがどこまで続いているのか仰ぎ見ているような思いに駆られた。

しかしやがて気付くのだった。

美しいのは、人智を超えているからだ。これらの手はあまりにも高度すぎるのだ。

〝異次元の手〟が出てこない『三角文書』の手は、時間を掛けて考えればヒフミーンにも理解可能である。そのことから、超古代人の根本的な知的能力は、現生人類とそう違わないことが窺《うかが》えた。それにも拘わらず彼らの文明が高度に発達しているのは、単に時間と進度の問題。彼らの文明は、現時点でのこちらの文明よりも長く、先に行っているからなのであろう。

しかしこれら〝異次元の手〟は、明らかに人類の知的能力を超えている。突如、高位の知性を備えた存在が、ゲームに参加したかのようであった。

これはまるで、まるで――。

あるいは、ヒフミーンであればこそ、その推測に至るのは必然であったかもしれぬ。

――神。

まさに天啓。稲妻に打たれたかのような衝撃が、ヒフミーンの全身を貫いた。

「うひょひょひょーーーーーーーっ‼」

ヒフミーンは、以前『三角文書』が楽譜ではないと気付いたとき以上の奇声をあげるのだった。

ああ、そうだ。これら〝異次元の手〟を放ったのは、神なのだ。だからこそ不可知ながら美しいのだ。詳しい事情はわからないが、このゲームにはある時点で神が降臨しているのだ。そうに違いない。

5

そして我らがヒフミーン・メイ＝ジーンは、「『三角文書』の分析による神の存在証明」という論文を書いた。三日三晩、不眠不休であるばかりか、チョコバー、鰻缶、ミカンの〝三大好物〟すら、ちょっとしか食べずに執筆に集中したのである。

この論文は、『三角文書』に出現する多数の〝異次元の手〟を分析し、それらが、明らかに人間（現生人類であっても、超古代人であっても）を超えた知性による手であることを示し、このことからこれらの手を放った者は、神以外にはあり得ないと結論づけるものであった。

よほど興奮し、集中していたのだろうか、はたまた、その巨体に溜《た》め込んでいる体力故か、四日目の朝、最後の一文字を埋めて論文を完成させたとき、ヒフミーンは少しの眠気も、疲れも覚えてはいなかった。まさに白い怪人の面目躍如である。

我ながら、よい出来ですねえ――と、書き上がった論文を三回読み返しうっとりしたあと、ヒフミーンは久方ぶりに書斎から外へ出た。論文を世界連邦アカデミーに提出するためである。

論文を書き上げても、世に出さずにほったらかしにしてしまうことも少なくないヒフミーンではあるが、ことが神の実在証明となるなら、話は別だった。一刻も早く、全人類にこの発見を知らせなければならない。それこそが、宗教家にして考古学者でもある自身の義務であろうと、ヒフミーンには思えたのである。

おお、これぞまさに、証明の召命。我が神よ。私がこの世に生まれてきたのは、こうしてあなたの実在を証明し、それを世に知らしめるためだったのですね。

そう確信するヒフミーンなのだった。

しかし、である。

勢い込んで、世界連邦アカデミーに論文を提出したものの、いつまで待っても学術誌にそれが紹介されることはなかった。かといって、査読によって撥《は》ねられたという連絡もなかった。梨《なし》の礫《つぶて》である。

何か不備があったのかとヒフミーンは何度かアカデミーに出向き、問い合わせをしてみたが、先方の返答は判で押したように「ただいま査読中です」であった。

これはどうしたことであろうか。

最初のうちは、神の存在を証明する重要な論文であるから、査読にもしかるべき時間をかけているのだろうと思っていた。しかし、白い怪人もやはり人の子、待たされるうちに、疑心暗鬼が頭をもたげてくるのだった。

もしかして、このまま塩漬けにして論文自体をなかったことにするつもりではないのか。進化論が定説化して以降、多くの学者が無神論を支持するようになり、世界連邦アカデミーは無神論者の巣窟《そうくつ》と化したという噂もある。神が実在する証拠ともなるこの論文は、彼らにとって都合が悪いのかもしれない。

いや、腐っても学究の徒である。ヒフミーンが進化論を受け入れているように、彼らだって、論文を読めば神の存在を受け入れるはずだ。

いやいや、ならばなぜ、こんなに待たされるのか——。

不安に駆られたヒフミーンは、クニヲであれば、アカデミーにも顔が利くかもしれないと、相談しようともした。が、あいにく、彼はそれどころではないという。ずっと書斎に引き籠もっていたヒフミーンは知らなかったが、クニヲは『ショーギ』の競技団体をつくったはいいが、そのスポンサーとの間でいざこざが起こり、その上、女性の競技者と愛人関係にあることが暴露され、それらの対応でてんてこ舞いとのことだった。

結局、なぜ、査読にこれほど時間がかかっているのかわからず、ヒフミーンは、じれるばかりなのであった。

果たして、その連絡があったのは、心労で、痩せ……はしなかったものの、その純白の体毛の背中のあたりに、ハゲができてしまった頃であった。

世界連邦アカデミーからの使者が、ヒフミーンの元を訪ねて来たのだ。ただし、使者が伝えたのは査読の結果ではなく、アカデミーの長官、ハーヴ・キシン博士の「面会したい」というメッセージであった。

ヒフミーンのような在野の研究者にとって、ハーヴ博士に会えるというのは、非常に名誉なことではある。しかし、向こうはなぜ、会いたがっているのか。

これまで表に出ている発言などから類推するに、ハーヴ博士はおそらく無神論者であろう。そう、いつかクニヲが言っていた「神は死んだ」という超古代人の哲学者の言葉を翻訳したのも、ハーヴ博士だったではないか。

まさか、論文を直接、否定しようというのだろうか。

それならそれで、望むところである。学者としての実績や力量では、ハーヴ博士には及ばないかもしれない。しかし、今回の論文で示した神の実在に、ヒフミーンは絶対の自信があったのだ。『三角文書』を詳細に分析し、人類をはるかに上回る知性――すなわち、神――が、ゲームに降臨したということを、合理的に導き出した。これは単なる信仰ではなく、科学的な証明である。その蓋然性《がいぜんせい》が十分であることや、理路に穴がないことは何度も確認した。まさに鉄壁であるはずなのだ。

かくして我らが白い怪人、ヒフミーン・メイ＝ジーンは、ハーヴ・キシン何するものぞとの意気で、世界連邦アカデミー本部に乗り込んだのであった。

しかしそこでヒフミーンを待っていたのは、予想外の歓待と、論文への絶賛であった。

アカデミー本部にあるハーヴ博士の研究室に通されると、そこではハーヴ博士と、おそらく事前に好みをリサーチしていたのだろう、最高級のチョコバーと鰻缶とミカンが、ヒフミーンを待っていたのである。

「ああ、このたびは、ご足労ありがとうございます！」

ハーヴ・キシンは、満面の笑みを浮かべて、ヒフミーンを迎えた。ヒフミーンは直接、ハーヴ博士に会うのははじめてだったが、体毛のところどころに寝癖が付き、撥《は》ねているところは、学術誌などに載っている写真で見たとおりであった。

アカデミーの長官にして、当代随一の名をほしいままにするこの学者は、「どうしてもご本人にお会いして、お話ししたかったんです！」と言い、興奮気味に論文を絶賛したのである。

「いやあ。素晴らしい論文でした！　ヒフミーンさん。『三角文書』が超古代人のゲームの記録であることを突き止めただけでなく、その先にまでたどり着かれるとは！　私、感服いたしました。発想の転換と、地道な分析。まさにヒフミーンさんの真摯な学究が引き寄せた成果と言えるでしょうねえ」

何たることであろうか。

まさかまさか、あのハーヴ博士が、ここまで誉《ほ》めてくれるとは！　しかも、これはすなわち、ヒフミーンがたどり着いた結論、神の実在をハーヴ博士も認めているということではあるまいか。

考えてみれば、当たり前のことかもしれない。ハーヴ博士が当代随一の学者ということは、学問的誠実さも当代随一ということだ。たとえ無神論者であったとしても、合理的に神の実在が証明されれば、当然にそれを支持するのだ。そのような人物でなければ、世界連邦アカデミーの長官は務まるまい。

そして、他ならぬハーヴ博士が支持してくれるならば、鬼に金棒だ。博士のお墨付きを得て、論文が世に出れば、きっと誰もが神の実在を信じるようになるであろう。

これから、科学と神が調和した理想の時代がはじまるのかもしれない。いや、きっとはじまるのだ。『三角文書』の解読は、その扉を開いたのだ。これほどの栄誉があるだろうか。

ヒフミーンは、すっかり感激し、ついさっきまで論文を否定されると思っていたことなど忘れていたのである。

「ああ、ハーヴ博士、ありがとうございます。博士ならば、きっとわかってくださると思っておりました！　それで、論文はいつ頃公表されるのでしょう」

そう尋ねると、ハーヴ博士はかすかに首をかしげた。

「実はですね、ヒフミーンさん、今日お呼び立てしたのは、そのことでご相談があるからなんです」

「相談、とは何ですか」

「論文の公表を当面、控えさせて欲しいのです」

ハーヴ博士は、じっとこちらに視線を向けてきた。まるで睨み付けるような、真剣な眼差《まなざ》しだ。いつの間にか、その顔からは笑みが消えていた。

「公表を控える？」

「そうです」

「どういうことでしょう。論文に何か瑕疵《かし》があるとでもいうのでしょうか」

「いや、それはありません。先ほども言いましたが、素晴らしい論文です。これで結論づけられているように、特定の時期から超古代人のゲームに、神と称すべき超知性が降臨したのは間違いないでしょう」

「でしたらハーヴ博士、なぜ発表を控えなければならないのですか。神の実在が証明されるのですよ。一刻も早く、このことを人々に知らしめるべきではありませんか」

「ヒフミーンさん、敬虔な宗教家でもあるあなたが、そのように思うのは無理もありません。実は私も、この世に神が実在すればよいと考える一人です」

「だったら――」

言いかけたヒフミーンを遮り、ハーヴ博士は続けた。

「しかしこれは、慎重に取り扱わなければならない問題なのです。ヒフミーンさん、あなたが証明したこれは、果たして本当に神なのでしょうか。神のごとき力を秘めた、神ならざるものではないのでしょうか」

神ならざるもの?

ヒフミーンは、ハーヴ博士が何を言っているのかわからず、混乱するのだった。

「あ、あの、それはどういう……」

「ああ、すみません。つい、先走ってしまいました。ヒフミーンさん、私としては、あなたに論文の公表を控える代わりに、是非アカデミーで私たちと一緒に『書庫《アーカイブ》』の研究に携わって欲しいのです」

「え? そ、それは非公開の資料も含めた一次研究、ということですか」

「もちろん、そうです」

ハーヴ博士は頷いた。

超古代文明の遺跡『書庫《アーカイブ》』は、世界連邦政府の最高機密である。そこから発掘された資料の中には非公開となっているものも少なくなく、その研究に携われるというのは、願ってもないことではある。しかし……。

「い、いや、待ってください。ハーヴ博士、それは大変ありがたいお誘いですが、でも、なぜ、論文の公表を控えなければならないのですか」

「それを説明するには……。こちらへ来てください」

ハーヴ博士はヒフミーンを研究室の奥へと促した。ヒフミーンは言われるまま、ついて行く。

「すでにご存じと思いますが『書庫《アーカイブ》』からの発掘資料は、すべてが公開されているわけではありません」

「ええ、確か一割ほどが非公開になっているとか」

ハーブ博士は苦笑を浮かべつつ、かぶりを振るのだった。

「いえ、それ自体、コントロールされた情報です。実際は公開されているのが一割といったところなんですよ」

「にゃにゃっ」と、ヒフミーンは思わず声をあげてしまった。

じゃあ、九割が隠されているということじゃないか。ヒフミーンは驚いたあと、憤《いきどお》った。

「ど、どうしてそんなに隠しているのですか。いや、超古代人の科学文明が、我々よりも高度であり、いっぺんにすべてを公開すれば混乱する、という考えは理解できますよ。しかし、九割も隠してしまうのは、権力による知識の独占に他ならないじゃないですか」

ヒフミーンがまくし立てると、ハーヴ博士は少し困ったような顔になり、一度「うにゃあ」とうめいて顔を洗うのだった。

「仰《おつしや》ることはわかります。私も知識とは広く万人に共有されるべきものと思っています。原則的には……しかし、超古代文明は、高度すぎるのです」

「それは、どういうことです？」

「ヒフミーンさんは、『書庫《アーカイブ》』って、何だと思いますか？」

ハーヴ博士はヒフミーンの質問に答えず、質問を返してきた。

「それは……、超古代人たちの図書館のような建造物……なんですよね？」

ハーヴ博士は首を振った。

「図書館のようなものではあるのですが、建物ではないんですよ」

建物ではない？　それは、どういうことであろうか。

戸惑うヒフミーンをよそに、ハーヴ博士は研究室の一番奥に設置された机の前で立ち止まった。その机の上には黒い弁当箱のようなものが置いてある。ハーヴ博士は、おもむろに、それに手をかけた。

すると、その黒い弁当箱は、貝が口を開けるように、ぱっくりと開いた。箱の底の方にはたくさんのボタンが並んでおり、開いた方は何か膜でも張ってあるのだろうか、奇妙な質感の板になっていた。これまで見たこともない、不思議な物体である。何かの機械だろうか。

「実はこの箱が『書庫《アーカイブ》』なんですよ。超古代文明では、場所を取らずに大量の文書を保管することができたのです」

ハーヴ博士は確かにそう言いながら、ボタンの一つを押した。すると、いかなる仕掛けか、板の部分に光が灯り、超古代文明のものと思われる文字が浮かんできたではないか。

「こ、これが……『書庫《アーカイブ》』？」

「そうです。この箱は、超古代人の使っていた機械で、電気を使って様々な記録や計算をするもののようですが……、なんとこの中には、本にすれば数万冊、いやおそらく数十万冊以上にもなる情報が保管されていると見られています」

「す、す、す、数十万冊、ですか」

にわかには信じ難い。そもそも電気を使って記録をするとは、いかなる技術なのか。しかしハーヴ博士は嘘《うそ》や冗談を言っている雰囲気ではなかった。もし本当なら、この箱はまさしく図書館であろう。

「『書庫《アーカイブ》』の一次研究とは、この機械の仕組みや詳しい使い方の解明と、この中に記録されている情報の解読です。まだ、全体の一パーセントも終わっていないのですがね」

全体の一パーセント……。と、いうことは、世間に公開されているのはその一割なのだから、わずか〇・一パーセントということか。

「されど、ヒフミーンさん、この機械一つ見ても明らかですが、超古代文明は、特に科学の分野に於《おい》て、我々よりもはるかに高度なのです。この中に保管してあった記録の中には、都市を丸ごと破壊してしまう爆弾についてのものなども、ありました」

ヒフミーンは思わず息を呑《の》んだ。超古代人は、そんな恐ろしいものまでつくっていたというのか。

「このような知識をむやみに公開すれば、市井の混乱などということでは済まなくなるかもしれません。単に生活を便利にするような発明品などの知識でさえ、公開すれば、その権利だのなんだので、揉《も》め事《ごと》が起きるくらいですからね」

ヒフミーンは、クニヲが『ショーギ』競技団体のスポンサーと揉め事を起こしていることを思い出した。自分の利益を優先して他人と争うのは、別に彼だけではなかろう。残念ながら、現生人類《われ》は、欲望をコントロールする術《すべ》を持っていない。もし、まかり間違って強欲で好戦的な者の手に、都市を破壊できるような兵器が渡ったら、と思うと背筋が寒くなる。

「なるほど……」

ヒフミーンは、アカデミーとハーヴ博士の判断を否定できなくなっていた。

「ですから我々は、慎重に吟味し『書庫《アーカイブ》』に記録されていたものの中で、安全と思えるものだけを公開していたのです。しかし、見落としがあった……。それが『三角文書』です」

「見落とし？」

「ええ。私は浅はかにも『三角文書』を、楽譜であろうと判断してしまった。そして、そうであれば、公開し、その内容の解読や、どのような楽器だったのかといったことの解明は、アカデミー外部の学者の方々に自由に研究して貰《もら》うべきだとね。しかし違った。あれは、ゲームの記録でした。いや、それだけだったら問題なかったのですが、そこから〝彼ら〟の存在までも証明されるとは思いもしませんでした」

「あ、あの〝彼ら〟というのは、まさか……」

「はい。あなたが神と考えている、超知性の存在です」

「ま、待ってください。先ほどからのもの言いですと、ハーヴ博士、それは神ではないのですか」

「おそらくは」

「では、一体、何なのです」

「今はまだ、わかっていません。ただし、実は〝彼ら〟が降臨したのは、あなたが発見したゲーム『ショーギ』だけではないのです。現在非公開にしているいくつもの資料から、超古代文明には、ある時点から人間をはるかに超越した存在が出現していることが、わかっています」

「人間を超越した存在ならば、それこそまさしく神ではないのですか。超古代文明は、人と神が調和した理想の文明ではなかったのですか」

それは、ヒフミーンの願望でもあったのだ。しかしハーヴ博士は、またかぶりを振るのだった。

「実は私も最初は〝彼ら〟を神ではないかと考えていました。しかし、違うのです。なぜなら資料を解読するかぎり、〝彼ら〟は超古代人によってつくられたと考えられるのですから。神とは人をつくるもの、その逆はあり得ません」

「ちょ、ちょっと待ってください、ハーヴ博士。それでは、超古代人は自分たちよりも、知性的に上位の存在をつくったということなのですか。そんなことが可能なのですか」

自らよりも賢い者の思考は、わからない。わからないものを、どうやってつくるのであろうか。
「具体的な設計図はまだ見つかっていませんし、〝彼ら〟がどんな姿をしていたかもわかってい
ません。ただ、人間より速く走る乗り物や、人間には持ち上げられない物を持ち上げる道具は、
我々にもつくれます。そうであれば、人間よりも高度な知性をつくることも可能なのではないで
しょうか」
何ということだろうか。ヒフミーンの書いた論文の内容は間違っていなかった。しかし、神と
思ったものは神ではなかった。神の実在を証明できてはいなかった。
ヒフミーンは唖然《あぜん》とする。
ハーヴ博士は続けた。
「アカデミーでは、〝彼ら〟の存在は当面極秘としたいのです。ゆえに、あの論文の公表は控え
ていただきたい。その代わりに、ヒフミーンさん、あなたには〝彼ら〟がどういったもので、ど
のようにつくられたかを探る研究に加わって欲しいと、こういうわけです。『三角文書』を解読
したことで学者としての力量は十分示してくださいましたし、あなたなら、研究を私利私欲のた
めに利用することなどないでしょう」
ああ、そういうことだったのか。
猫まんまのようにぐしゃぐしゃになった頭の中をどうにか整理して、頷いた。
「わかりました。私としても、その〝彼ら〟が、神ではないのなら何であるか、突き止めたいと

思います。ただ……」

一つ、気になることがあった。

「〝彼ら〟のことを極秘にするということは……、兵器の類《たぐい》と同じように、危険だということなんでしょうか」

尋ねると、ハーヴ博士は腕を組みしばし沈黙したあと、口を開いた。

「これも公開していない資料からわかることなのですが……、超古代文明、猿型人類が築いた高度な科学文明は、〝彼ら〟が出現してほどなく、消滅してしまったようなのです」

「ええっ？　それは、〝彼ら〟が超古代人を滅ぼしたということなのですか」

「いえ、そこはまだよくわかっていません。ただし文明の消滅と〝彼ら〟の出現には何らかの因果関係があると私は推測しています。〝彼ら〟が直接、超古代文明を滅亡させたのか。間接的な影響で文明が滅んだのか。あるいは、何か我々には思いもつかないような形で、文明が消滅したのか。ただ、一つ確かなのは、今現在この世界には、猿型人類も、その文明も存在していないということです」

「その謎もこれから、解明していこうということですね」

「そうです」

ヒフミーンは知的好奇心がうずくのを感じていた。

「わかりました。是非、参加させてください」

ヒフミーンはそう言って力強く頷いた。

このとき、ヒフミーンの脳裏には、〝彼ら〟による〝異次元の手〟が乱れ飛ぶ『三角文書』が浮かんでいた。あれは美しかった。人智を超えたものだけが湛《たた》える、不可知の美を備えていた。

果たして、神ならぬ存在が、かような美しさを持ちうるのだろうか。

そして、再度の天啓が舞い降りた。

あるいは、やはり〝彼ら〟は神ではないのだろうか。

神がその似姿として人をつくりたもうたというのは、すでに進化論によって否定されているとおり、人がつくった神話に過ぎない。これは、神なる絶対者がまずあり、世界を創造したという順序の発想だ。しかし、真理はその逆ということはないだろうか。

この世界は絶対者たる神を創造するために存在しているのだとしたら。

だとしたら、進化論とも矛盾しない。むしろ人類が進化して知能を備え、文明を築いたのは、〝彼ら〟を、すなわち神を、つくりだすためだったと言える。

猿から進化した超古代人はその役目を果たし、神に導かれ世界から消滅したのではないか。

ああ、そうだ、そうに違いない。ハーヴ博士とともに研究を進め、そのことを証明することこそが、私に与えられた、真の役割だったのだ。

「いやあ、参加してくれますか、ありがとうございます！」

ハーヴ博士は、感激したのか、その場でうにゃうにゃと踊りはじめた。それを横目に、我らがヒフミーン・メイ＝ジーンは、密《ひそ》かに確信を深めるのであった。
それでも神は、実在するのだ——と。

十九路の地図

宮内悠介

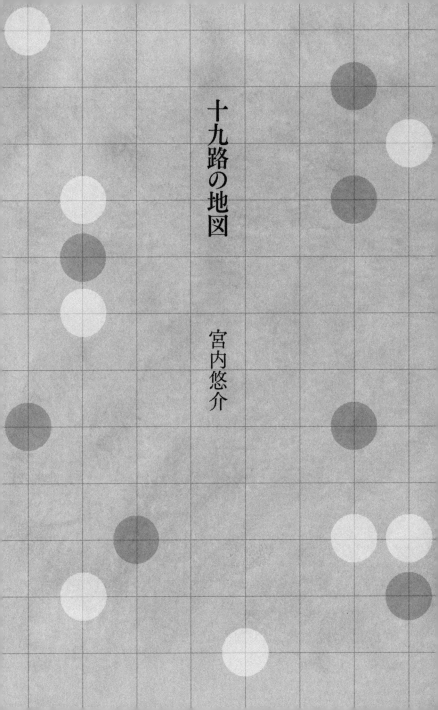

宮内《みやうち》悠介《ゆうすけ》

1979年生まれ。2010年「盤上の夜」で創元SF短編賞山田正紀賞を受賞しデビュー。12年同名の作品集で日本SF大賞を受賞。13年〈池田晶子記念〉わたくし、つまりNobody賞、14年『ヨハネスブルグの天使たち』で日本SF大賞特別賞、17年『彼女がエスパーだったころ』で吉川英治文学新人賞、『カブールの園』で三島由紀夫賞を受賞。近著に『ディレイ・エフェクト』『超動く家にて 宮内悠介短編集』。

1

一人、サンルームに坐《ざ》した祖父が盤に向かっている。わたしは囲碁のことなど知らないままに、向かいに陣取り、めまぐるしく変化しながら盤上を彩るモノクロームの万華鏡に視線を這《は》わせる。しかめ面をしていた祖父が破顔し、盤上の石を除《の》けて中央に黒石を一つだけ置く。

「いいか、愛衣《あい》。碁のルールはとても簡単だ」

黒石を四つの白石で囲い、祖父が黒石を取り除く。碁石を入れる碁笥《ごけ》の蓋《ふた》に、からん、と黒石が放《ほう》りこまれる。ときおり聞こえてくる、この乾いた音がわたしは好きだ。

「囲めば、石を取れる。たったそれだけで、宇宙の原子の数より多い局面が生まれるのさ」

大勝負の前には神経を尖《とが》らせ、誰彼かまわず怒鳴り散らす祖父を、父も母も怖れている。けれど、不思議とわたしは祖父が怖くない。祖父には嘘《うそ》がないからだ。

父が職場で不倫をしていることも、母が得体の知れない宗教にはまっていることも、子供ながらにわたしは察している。それをひた隠して、二人が喧嘩《けんか》ばかりしていることも。両親のいさかいは、まるで安物の香水みたいにわたしにまとわりつき、離れようとしない。

勝負を前にして怒鳴る祖父は、まるで子供だ。でも、その怒鳴り声はあとに残らない。

「やってみるか」

柔和に祖父が笑い、黒石の入った碁笥をわたしの側に回す。

「どこでもいい。十七個、好きなところに石を置いてみな」

言われるがままに、わたしはひんやりした黒石を手にする。少し考えてから、オウム貝のような、渦巻き状の配置を選ぶ。それを見た祖父が、小さく眉《まゆ》を持ち上げる。両親にはわからない祖父の心が、不思議とわたしには理解できる。意外なものを前にしたときの、驚きや歓《よろこ》びだ。

ドアを隔てたダイニングから、罵声《ばせい》が聞こえてくる。

娘のわたしを塾に入れるかどうかで揉《も》めているのがわかる。母は、競争はもうはじまっているのだと主張し、父はといえば、もう少しのびやかにやらせてもいいのではないかと言う。たったそれだけのことが、激しい罵《ののし》りあいになり、やがて湯呑《ゆの》みか何かが割れる音がする。

聞こえないふりをして、わたしは盤上の変化に集中する。

十七個の石は、瞬く間に分断され、孤立し、取られてしまう。からん、というあの乾いた音とともに。すっかり、わたしは萎縮《いしゅく》してしょげてしまう。

「最初はこんなもんさ」

穏やかに口にする祖父は、けれども、少しだけ得意そうだ。

「どうだ、もう一度やってみるか?」

その当時、わたしは知らなかった。かつてこの祖父が、本因坊《ほんいんぼう》と呼ばれるタイトルを保持していたこと。そして、征《シチョウ》と呼ばれる単純な筋を読み落としたのを機に、衰えを自覚し、ちょうど引退を決意したころであったこと。

数ヶ月後には両親が離縁し、母にひき取られること。

これから憶《おぼ》えたばかりの碁を忘れ、中学受験の勉強に明け暮れること。父と母を見て、大人を知った気でいたわたしが、本当は他者のことなど何一つ知らなかったこと。

そして何より、祖父と会うことはできても、到底、碁など打てなくなってしまうことを。

ネットワークサービス〈ライフ・アルタラー〉のメッセージがあった。晴瑠《はる》だ。

——学校、出ておいでよ。みんな、愛衣がいなくなって寂しがってるよ。

——ごめん、なんだか挫《くじ》けちゃって……。

——なんだったら部活だけでも。先生も、それでいいって言ってる。囲碁部、楽しいよ！

——碁のことは考えたくないんだ。でも、ありがとうね。

晴瑠は小学生時代からの友人だ。出会いのきっかけは、これも囲碁。

祖父から碁を教わりはじめたころ、教室の片隅でこっそり入門書を読んでいたところ、すでに少年少女大会にも出ていた晴瑠が声をかけてきたのだ。碁も勉強も、わたしより晴瑠が先を行っていた。それで、彼女と同じ学校へ行きたくて受験勉強をした。

でも、無理に入った中学校で、わたしは皆に追いつくことができなかった。友達のグループはできたけれど、そのなかで自分一人だけが劣り、浮いているように感じられた。

不登校になってしまったのは、一年の二学期からだ。

学校へ行かないわたしを母は責めた。けれど、やがて諦《あきら》めたのか、口を出さなくなってきた。仕事の忙しさから、わたしにかかずらっていられなくなったのもあるだろう。父と母がぶつかりあったのと逆に、母とわたしは互いに無視しあうような関係に陥った。わたしたちはどちらもが、親しくあるべき相手とつきあう術《すべ》を知らなかったのだ。

一日中、〈ライフ・アルタラー〉の画面を前にする日々がつづいた。

ただ、一つ例外があった。週に一度、祖父の見舞いへ足を運ぶ日だ。

父方であった祖父は、両親の離縁後、父と二人で暮らすようになった。しかし、まもなく事故が起きた。祖父が車に撥《は》ねられ、頭を打ったのだ。内臓のいくつかが損傷したほかに、クモ膜下出血が起き、一日がかりの手術がなされた。手術自体は成功したと医師は言った。けれどそれ以降、祖父は遷延《せんえん》性意識障害、いわゆる植物状態となった。

見舞いに訪れたわたしは、物言わぬ祖父の手をそっと握りしめる。

もう、この手が石を握ることはない。勝負前にぎらついていた目は、静かに閉ざされている。事故直後は、知己の棋士たちがたびたび見舞いに訪ねてきたが、やがて彼らの足も遠のき、母はもちろんのこと、父も顔を見せなくなった。父の生活は祖父の入院費だけでも限界で、定期的に母に支払われるはずだった慰謝料も遅れがちになった。

わたしと母が疎遠になったのも、遠因は祖父にあると言えるかもしれない。

もちろん恨む気持ちはない。願いはたった一つ。あのサンルームで、もう一度、盤を前に向かいあうことなのだ。そこに、父母の争いあう声が聞こえてこようとも。

手をさすりながら、わたしは碁の着手を口にしてみる。

「十六の四、星」

応答はない。

けれど、こうして触れあううちに、奇跡的に意識を取り戻すことがあると医師は言う。だからわたしは学校へ行かなくなったあとも、父が祖父をなかば見捨ててからも、こうして病室に通い、祖父に語りかけつづける。行ってもいない学校であった出来事を話したりもする。

祖父は応《こた》えない。

もともと痩《や》せぎすだった身体《からだ》はさらに細くなり、浜の流木のように寝具に横たわっている。鼓動を告げる医療機器のビープ音だけが病室に響く。消毒薬の匂《にお》いがする。何もなく、何も起きない。それでもわたしは待つ。やがて祖父が目を開き、二手目を打ってくれるその日を。

2

二手目は突然に打たれた。

それも、まったく予想だにしない方面から。もっとも、祖父が起き上がったのではなかった。

コンピュータ囲碁を研究しており、かつて祖父の世話にもなったという棚橋靖史《たなはしやすし》准教授が、植物状態となった祖父を案じ、特別なリハビリ手法を提案したのだ。

それは、脳と機械をつなぐブレイン・マシン・インタフェースによるものだった。

祖父の脳がなんらかの活動をつづけていることは、核磁気共鳴画像法《MRI》の画像診断によって判明していた。そこで棚橋は、電極を介して祖父の視覚野に十九かける十九の画素を接続し、さらに祖父がイメージする画像を機械的に読み取る手法を考え出した。

電極やチップを用いた人工視覚や、ＭＲＩなどを通じて脳の情報を読み出す技術は、すでに確立されている。二〇〇八年には、被験者に文字を見せたのち、脳活動のパターンを読み取ってその文字を再現する実験が成功し、世界的に話題となった。とはいえ、それも十かける十程度の画素数だ。

まして、植物状態の患者に応用しようとすると、さまざまな問題が立ち塞《ふさ》がってくる。

たとえば、先の実験は被験者に文字を見せながら行われた。ところが祖父の場合、脳の情報を読み取ろうにも、文字を見せて反応を得るといった手がかりがない。人工視覚を埋めこんだところで、実際に見えているのか見えていないのか、祖父に応えてもらうことができない。卵を得るにも鶏がなく、鶏を得るにも卵がないのだ。

加えて、こうした技術には機械側の人工神経回路網《ニューラル・ネットワーク》による学習が求められる。十かける十程度の画素数ならまだしも、十九かける十九となると、計算量は膨大だ。奇《く》しくも祖父が口にした通り、宇宙全体の原子より多い局面がそこにはある。

そこで棚橋が目をつけたのが、囲碁だった。

祖父は、一度は本因坊にまでなった名手である。十九かける十九――すなわち、囲碁盤と同じ解像度で画像を送りこめば、かならず応答があるはずだと棚橋は信じた。ニューラル・ネットワークによる膨大な学習は、飛躍的に進歩したコンピュータ囲碁のシステムを援用できる。棚橋は父の合意を取りつけると、ぬかりなく省庁から研究予算を調達し、試験にとりかかった。

棚橋は碁の局面、とりわけ祖父が強く記憶しているだろう古い棋譜を用い、脳から得られた画像を機械学習にかけ、視覚野への入力と祖父からの応答、その双方の精度を高めていった。

はたして、棚橋の執念は実った。祖父から応答があったのだ。

父と母、そしてわたしが病室に呼ばれた。

「これが、いまお父様に見えている画像です」

棚橋は医師とともにラップトップコンピュータを広げ、囲碁盤を表示して待機していた。

「この盤面に対して、碁の初手を打ってみます」

棚橋は画面の右上、十六の六の位置に黒石を打った。

間を置いて、盤面の対角線上、四の十六の位置に白石が表示された。

「……お父様の着手です」

医師によれば、言語ではなく碁によるコミュニケーションというのは聞いたことがないが、これをつづければリハビリテーションになる可能性があるということだった。

それは、技術的には驚くべきことのはずだった。しかし父も、母も、最初に表に出したのは困惑した顔つきだった。二人とも、碁のことなど知らない。加えて、母がこんなことを言った。

「そもそも、お義父《とう》さんの碁のせいで、家が険悪に――」

我慢できなかった。

母を遮り、わたしはぴしゃりと大見得を切ってしまった。

「わたしが打つから。毎日ここへ来て、お祖父《じい》ちゃんと打つ。それでいいでしょう?」

曖昧《あいまい》な、感情の読めない顔つきで両親が頷《うなず》いた。

これで話はついた。でも、わたし自身、碁からはすっかり離れてしまっている。家に帰ってから、わたしは〈ライフ・アルタラー〉を通じて晴瑠にメッセージを送った。

――碁を教えてくれないかな。

――もちろん! でも、どうして急に?

小学生のいっとき、入門者程度に打てるようにはなった。でも、祖父の相手となると、その程度では話にならない。結局、わたしは晴瑠に事情を説明し、教えを請うこととなった。

――囲碁部には出てこれる？

――できれば学校の外がいい。わがままなのは、わかってるんだけど……。

――四丁目に囲碁カフェがある。そこだったら問題ないでしょう？

そうして、わたしは日曜に晴瑠と待ちあわせ、カフェで碁を教わることになった。ある程度まで基礎を押さえたところで、祖父との対局に臨んだ。

祖父が何を考えているかはわからない。けれど、少なくとも盤面を通して、碁を打つことはできる。こうして、わたしと祖父の機械ごしの対局がはじまった。もっとも、勝つことはなかった。ハンデをつけても同じだった。弱々しくベッドに横たわってはいるが、相手は、かつてタイトルまで手にした人間なのだ。

幾度となく心が折れそうになったが、医師は脳活動が活発になってきていると言った。そうでなくても、たとえ十九かける十九の盤を通してであっても、祖父とコミュニケーションをはかれることが嬉《うれ》しかった。日曜日、晴瑠にそのことを話すと、碁は〝手談〟と称されるのだと教えられた。囲碁とは手を介した、立派な会話であるのだと。

詰碁を解き、定石を憶えた。

新たな作戦を考えては祖父に挑むことが楽しみになった。繰り返すうちに、ある日、はじめて

晴瑠に勝つことができた。晴瑠はなかば放心したような表情で、

「まさか、こんなに早く上達するなんて……」

「当たり前じゃない」わたしは微笑《ほほえ》みを返した。「元本因坊に教わってるんだから」

時間だけはあった。

わたしは古今東西の棋譜をウェブで入手し、並べては学び、祖父に挑んだ。最初、ハンデとして九つ置いていた黒石は、やがて五つにまで減った。もう晴瑠に負けることはなくなった。本気で、晴瑠がわたしを囲碁部に勧誘するようになった。一緒に大会の団体戦に出てほしいと。

祖父の視覚野に接続された電極は、棚橋の意向によって取り外された。脳が活性化してきた結果、口で着手を伝えれば祖父が応じてくるようになったからだ。残されたのは、祖父のイメージを読み取るための、頭蓋《とうがい》内に設置されたパッドのみとなった。

やがてわたしのなかに、祖父と対話できているという以上の歓びが宿りはじめた。碁を通して、わたしの内面は広がってきていた。

碁が、こんなにも奥深く、楽しいものだったなんて！

ベッドに横たわる祖父の横顔は、微笑んでいるように見えた。

3

祖父は、自分が孫と碁を打っていると気がついていたのだろうか。

耳が聞こえる以上、おそらくそうではないかと思う。それにしても、かつての本因坊からすれば、つまらない碁であったには違いないだろう。あるいは、上達の遅い孫にやきもきしているかもしれなかった。それでも、祖父はわたしとの対局に応じつづけた。

「囲碁部の友達がいるんだけどね」

聞いているのかいないのかもわからない祖父に、わたしは語りかける。

「最近、わたしが上達してきたって。先生がいいからだって応えておいたよ」

文字の一つでも表示されないか、わたしはディスプレイ上の盤面に目を這わせる。

囲碁盤に着手ができる以上、やろうと思えば、盤を通じて文字を見せることもできるはずだ。けれど、祖父はそれをしようとはしなかった。応じるのは、あくまで囲碁のみ。真意はわからない。ただ、それがまた祖父らしくも感じられた。

わたしとしても、それで充分だった。

〝手談〟はほかの何より密な触れあいであったからだ。それこそ、学校での会話などよりも。

「窓、開けるね」

空気が籠《こ》もっているように感じられ、細く窓を開けた。

晴れ上がった春の大気が病室に入りこんできた。本当なら、晴瑠と一緒に中学二年に進級するはずだった。けれど私立なので、わたしは一年のまま留年している。

ぽつりと、画面上に祖父の白石が置かれた。

「七の九、尖み《コス》」

わたしは応手を口にしてから、少し考えて、

「本当は、学校に行ってないんだ」

親戚《しんせき》では母以外誰も知らないだろうことを、気がつけば打ち明けていた。

「なんだか、馴染《なじ》めない気がして……」

相手が言葉を発さないからだろうか。これまで言えなかったことが、一挙に流れ出てきた。

「虐《いじ》められてるとかじゃないんだ。でも、劣等感、っていうのかな……。身の丈にあわない学校に行っちゃったせいで、自分一人だけが、劣っているように感じられて――」

ゆるりと風が吹き抜けた。

普段ならすぐに着手を返すはずの祖父が、何も応じてこなくなった。

「お祖父ちゃん?」

急に心配になり、祖父の手を取る。脈はある。緊張したまま、五分、十分ほど待ってみた。いや、どうしたらいいのかわからなかった。祖父はいっこうに手を打たなかった。

ナースコールを押した。

やってきた看護師は、異常はなさそうだと言ったが、念のため、後日、脳血流を見ておいたほうがいいかもしれないと口にした。担当医も同じ見解で、やがて祖父はＭＲＩにかけられた。

特に、これまでと変化はないとの結論が出た。

答えは一つ。祖父は、自らの意志で着手を封じたのだった。


四丁目の囲碁カフェは三年前にオープンしたとのことで、内装が洒落《しゃれ》ていることもあり、ふらりと西欧人が碁を打ちに来ることもある。店では客が囲碁を打つほか、ときにポエトリーリーディングといったイベントが開催される。ちょうど、そのイベントと重なってしまった。

カフェは人で賑《にぎ》わい、壇上ではやや露悪的な、性的な詩が読み上げられている。

なるべく静かな場所をと、オープンテラスに席を取り、わたしたちは盤を広げた。

黒番は晴瑠。黙したまま、晴瑠がハンデの置き石を三つ置いた。そのまま無言で、手が進んでいく。店内から詩人の絶叫が聞こえ、わたしはぴくりと肩を震わせてしまった。前にサンルームで祖父に碁を教わったときの、両親の喧嘩が思い出されたからだ。

「三子置かせてもらっても勝ちにくいね」

やれやれというように、晴瑠が肩をすくませた。

「悔しいな。わたしも、あなたのお祖父さんに教えてもらえないかな？」

「それなんだけど……」

迷ったが、先日の出来事を、わたしは晴瑠に話してみることにした。

「どうしてお祖父ちゃんが打ってくれなくなっちゃったのか、わからなくて……」

「呆《あき》れた。決まってるじゃない」

本当に呆れた口調で、晴瑠が即答した。

「あんたに、学校に出なさいと言ってるんでしょ。自分と碁なんか打ってないでってさ」

手にしかけた白石を、碁笥に落としてしまった。蛤《はまぐり》同士が触れあう、かすかな音がした。祖父と碁が打てるのが楽しくて、何より自分のなかの十九かける十九の宇宙が広がっていくことが嬉しくて、気がつけずにいた。それだけ、祖父との対局はわたしにとって濃密だったのだ。

でも言われてみれば、確かに、すぐわかることだ。

祖父ならそう判断するだろう。いや、逆の立場なら、わたしもそう考えるかもしれない。

「わたしはお祖父ちゃんと碁を打ちたいのに……」

目の前の通りを車が過ぎ去った。

イベントがやっと終わったようで、詩人とその取り巻きが店を出ながら、どのチェーンの居酒屋に入ろうかなどと、がやがやと話しあっているのが聞こえた。

伏し目がちに、わたしは前から狙《ねら》っていた上辺の覗《ノゾ》きを打った。うえ、と晴瑠が声を上げながらも、すぐに反発の一手を返す。店内の客がいなくなった。肌寒さもあり、わたしたちは頷きあってから、盤ごと店のなかへ移動した。

それからまた、上辺の闘いがしばらくつづいた。

「部においでよ」黒石を手に、晴瑠が上目遣いにわたしを見た。「愛衣だったら歓迎だよ」

「ううん……」

盤面に目を落としたまま、わたしは答えあぐねる。

晴瑠がコーヒーの追加を頼んだ。二手、三手と着手がつづいていく。わたしは上辺から目を離さずにいた。このとき視界の隅、上のほうで晴瑠が微笑んだ気がした。

「どうだ！」

かけ声とともに、晴瑠が思いもしない一手を打った。わたしの狙いは不発に終わった。

「これは、愛衣にもわからなかったでしょ？　まだまだ、わたしだって負けてられない」

決まりだ。

ゆっくりと顔を持ち上げ、わたしは晴瑠に訊《たず》ねた。

「……囲碁部、入れてもらってもいい？」

4

最初は虐めを受けたり、集団で無視をされたりすることもあった。けれども、今度ばかりはわたしにも耐えることができた。祖父との碁よりも難しいことなどなかったからだ。

気にしない素振りをつづけているうちに、やがて、ぽつぽつと話しかけてくれる級友も増え、わたしの交友関係はふたたび広がった。この点は、祖父に感謝しなければならないだろう。

問題は部だった。

晴瑠はあのように言ったが、囲碁部の面々は、わたしの受け入れに対して微妙だった。理由は、わたしが半端に強いことだ。わたしが入ることで、大会の団体戦に出られなくなるメンバーも現れるかもしれない。それでも表向き、彼らはわたしを歓迎した。

ただ、一人だけ、徹《とおる》という三年生は露骨にわたしに冷たくあたった。わたしに触発されてか、晴瑠がふたたび腕を上げたのに対し、徹の腕前は団体戦に出られるか出られないかという程度。ちょうど、いま盤を挟んで向かいあっている相手だ。

ハンデの置き石なしの互先《たがいせん》で打ってはいるが、実力差は大きい。石を置きたがらないのは、徹なりの意地であるらしい。つまらない意地だと思うが、これは仕方がない。

その徹が言うには、大会には自分が大将として出て、かわりにわたしを補欠とするらしい。晴瑠と一緒に団体戦に出たかったわたしは、突然のことに声を失ってしまった。ところが、もう部内での根回しが済んでいた。皆の総意として、徹が出場することが決まっていたのだ。

「そういうことなんで、悪いな」

徹はわたしを見上げると、軽く口角を持ち上げた。

「大会には俺が出る。これはもう決定事項だ」

彼にとっては最後の大会となる。それはわたしにも理解できた。

けれど、相手の不遜《ふそん》な態度に、わたしは思わず反駁《はんばく》してしまった。

「碁は実力じゃない！　それを曲げたら、もう何がなんだかわからない――」

「黙れよ、不登校」

蔑《さげす》むような目つきとともに、ぴしゃりと、徹に遮られた。

「俺だって、中盤の閃《ひらめ》きじゃ、まだ負けてない。また、学校に来れなくさせてやろうか？」

険悪な空気に、誰もが黙りこんでしまう。

おのずと、皆の視線が顧問に向けられたが、先生は視線を宙に這わすばかりで、仲裁しようという気配が見られない。皆から注意を向けられていると気づき、やっとその口が開かれた。

「生徒同士のことは、生徒同士で……」

駄目だ。

皆がそう思った、そのときだった。

部室がわりの教室に、思わぬ闖入者《ちんにゆうしや》がやってきた。その男はがらりと引き戸を開けると、ゆらりと遠慮なく入りこみ、教室の端から端までを見回した。

「外で聞いていたがよ」

と、その口から嗄《か》れた声が発せられる。それは、長らく耳にしていなかった声だった。

「どいつもこいつも、なっちゃいねえな」

「お祖父ちゃん！」

わたしの喉元《のどもと》から声が上がる。それを遮るように、祖父がこちらを向いた。

「まず、愛衣。おまえだ。おまえさんは何様だい？　少しばかり碁が強くなったからって、いっぱしのつもりか？　ずっと学校に出なかったおまえを、受け入れてくれた部活はどこだい？」

そう言われてしまうと、何も言い返せない。軽く眉を上げ、祖父がつづけた。

「先輩の顔は立てておくものよ。おまえには来年も再来年もある。そりゃあ、碁は実力のゲームだろうさ。だが、上下関係もまた社会の基本だ。それをおろそかにして大成するやつなんざ、千人に一人だぜ」

それから、つかつかとわたしたちの盤のそばまで歩み寄り、さっと盤面に目を這わせた。

「トオルくんだったか？　ずいぶんとひどい碁を打つじゃねえか。こんな雑魚《ざこ》が、よく大口を叩《たた》いたもんだな。愛衣に譲ってもらいな。中学を出たら、大会に出る機会なんかなかろうよ」

挑発されて、勢い、徹が立ち上がろうとする。

「おっと」祖父がそれを制して、「中盤の閃きとか言ってたな。俺も、閃いちまったぜ」

ぴしりと、祖父が白石を盤上に打った。妙手一閃《いっせん》、つながっていたと思われた徹の二つの大石が分断され、どちらかが取られる形勢になった。

唖然《あぜん》としたまま、徹はそのままぺたりと坐《すわ》りこんでしまった。

祖父の矛先は、今度は顧問に向けられた。

「先生、あんたもあんたさ。いったい、なんだって子供同士のいさかいにおろおろしてるんだい。つらい判断は大人の役割よ。物事を決めるってなあ、人間にとって過剰なストレスがかかる。でも、だからこそ、それは大人がやらなきゃなんねえのさ」

容赦のない正論攻撃に、先生はぐっと黙って下を向いてしまう。

その隙《すき》に、祖父は好き放題にまくし立てた。

「誰か、文句があるやつはいるかい？　なんなら、碁で俺に勝ちゃあ、話を聞いてやらないでもないぜ。いっそ全員いっぺんに相手したっていい。置き石は好きな数だけ置きな！」

即座に、晴瑠が手を挙げた。

元本因坊と打てる機会など、そうあるものではない。その機を逃すまいと思ったのだろう。祖父の素性に気がついた数名が、おずおずと手を挙げていった。最後に、わたしも挙手をした。

「おう、その意気さ！」

わたしは置き石を四つ置いてから、祖父に事情を訊ねた。

ある日の朝、気がつけば身体が動くようになっていたのだという。やはり、囲碁がリハビリテーションになったのだろうか。祖父は点滴を引きちぎると、まず父に、それから母に連絡を入れた。そしてわたしと母の関係が悪いことも知った。

わざわざ学校まで来たのは、〝どうせ上手《うま》くやれていないだろうから、活を入れにきた〟とのことらしい。確かにそうであったけれど、なんとなく腹立たしいのはなぜだろう。

学校の警備員には、もう少し自分の仕事をやってほしい。

「いつまでも寝てるってわけにゃあ、いかんだろうよ。なんでも、あるふぁ碁とかいう、面妖《めんよう》な名の強いやつがいるそうじゃねえか。まず、そいつと打つまでは死ねねえな」

これにはわたしも笑ってしまった。

二〇一六年にトップ棋士を破ったアルファ碁の基礎は、人工神経回路網《ニューラル・ネットワーク》を用いた深層学習。まさか、それと同じ技術が祖父を救ったとは思いもしないだろう。祖父はほとんど盤面を見もせずに、盤上に白石を打った。

わたしの意識が盤に向けられ、気持ちが切り替わる。

世界が十九路の盤面に変わった。

7五歩の悲願

深水黎一郎

深水黎一郎《ふかみれいいちろう》

1963年生まれ。2007年『ウルチモ・トルッコ』でメフィスト賞を受賞しデビュー。同作は『最後のトリック』と改題文庫化され、ベストセラーとなる。11年「人間の尊厳と八〇〇メートル」で日本推理作家協会賞（短編部門）受賞、15年『ミステリー・アリーナ』で本格ミステリ・ベスト10第1位を獲得。近著に『少年時代』『午前三時のサヨナラ・ゲーム』『ストラディヴァリウスを上手に盗む方法』。

早く俺を動かしてくれ、そう〈歩《ふ》〉は思った。

改めて言うまでもないことだが、将棋《しょうぎ》において〈歩〉の駒《こま》は、一度に一マスずつ、真っ直《まっす》ぐ前にしか進めない。後退は決してできないし、横にも斜めにも進めない。従って動かしてくれとは、当然前に進めてくれということである。

盤上においては、彼そのものを表す個人標識は存在しない。全18枚の〈歩〉の中で区別をつけるためには、現在その置かれている位置情報によって、〈☗7五歩〉と呼ぶしかない、そんな存在である。

だがその〈歩〉は、この勝負のポイントを握っているのが自分であることを、固く信じて疑っていなかった。

それもその筈《はず》、あともう少しで敵陣なのだ。次の一歩で彼は〈☗7四歩〉になる。そしてさらに次の一歩で〈7三〉の位置に達したら、彼は晴れて〈☗7三歩成〉、すなわち〈と金《きん》〉になれる。〈と金〉になればもう駒としての価値は、王のすぐ隣に侍《はべ》っているあの〈金将〉と全く同じである。この膠着《こうちゃく》した戦局で自らが〈と金〉になれば、両軍のパワーバランスは一気に崩れ、自軍が圧倒的に有利になることを、その〈歩〉は確信していた。

先ほど派手に繰り広げられた空中戦の結果、この列の相手方の〈歩〉は既に盤上から姿を消している。現在自分が置かれているマス目から敵陣までの間に、行く手を阻むものは何もない。だから早く俺を動かしてくれ、そう〈歩〉は思った。一体何をぐずぐずしているんだ――。

誰か俺にアドバイスしてくれ、そう〈棋士〉は思った。

対局を受諾したは良いが、この特殊ルールには参った。自軍の全《すべ》ての駒を最低一度は動かさなくてはならないなんて。動かし終わらないうちに相手の〈王将〉を詰ませたとしても、勝ちにはならない。それどころか仮にその時点で対戦相手が全ての駒を動かし終わっていた場合は、こちらの反則負けになるというのだから、うっかり王手もかけられない。何故《なぜ》こんな特殊ルールがまかり通っているのか、その理由は大体想像がつくし、頭では納得もしていたつもりだが、実際に指してみるとこんなに面倒臭いものだとは――。

ただしそれ以外は、普通の将棋と全く同じだ。だからこそ責任重大で一度は尻込《しりご》みしたのにも拘《かかわ》らず、最終的には対局を引き受けたのだ。特殊ルールが足枷《あしかせ》なのは相手も全く同じ筈であり、とりあえず序盤は互いに自軍の駒を一度ずつ動かすことに集中して、それが終わってからおもむろに普通の将棋の対局に移行すれば良いのだろうと思っていた。

だがその考えは甘かった。敵はそう考えてはいなかったのだ。こちら同様、とりあえず一通り駒を動かしているように見せかけておいて、突然攻撃を仕掛けて来る。たとえばこのルール、何と言っても九枚もある自軍の〈歩〉を全部動かすのが手間なわけだが、向こうが〈☖3四歩〉と角道を開けたので、何となくこちらも開けたところ、即座に〈角行《かくぎょう》〉の交換を仕掛けて来た。その後も〈飛車〉をとりあえず動かしておくような素振りで中央に寄せたかと思うと、そのまま振り飛車で攻めて来た。こうして局地的な空中戦が勃発《ぼっぱつ》し、とりあえず撃退はしたものの、自軍右側陣地に損害が出た。

それからも敵は自軍の駒を動かしながら、時折思い出したように適宜《てきぎ》攻撃を仕掛けて来る。棋士としての実力は互角だと思うのだが、そのバランスが絶妙で、さっきから俺は防戦一方を余儀なくされている。敵の棋士もこの特殊ルールで指すのは初めてだと聞いていたので、条件は五分五分だと思っていたのだが、果たして本当だろうか。もし本当に初めてなのならば、敵はあらかじめこのルールに合った指し方を、相当研究したのだろう。

指し番がやって来た。とりあえず守りは固く穴熊《あなぐま》囲いで行くことにして、一番左端の〈☗9九香《きょう》〉を一マス上げ、〈☗9八香〉にした。穴熊囲いとは、〈王将〉が〈金将〉や〈銀将〉を従えつつ、一マス前に出た〈香車《きょうしゃ》〉の下に潜《もぐ》り込む陣形で、その姿が穴熊が巣に潜るのに似ていることから付けられた戦法である。囲い終わるまで手数はかかるものの、一旦《いったん》完成したら、最も堅固な守りの形と言われており、俺が自家薬籠中《じかやくろうちゅう》にしている戦法でもある。

だがその瞬間に〈棋士〉は気が付いた。

そうか、隣の〈☗8九桂《けい》〉も動かさなきゃダメなのか――。

このまま穴熊囲いを完成させたら、〈☗8九桂〉の利くマス（跳べる先のマス）には、自軍の駒が存在することになるからだ。たとえば田尻穴熊ならば〈歩〉と〈角行〉が、ビッグ4ならば〈歩〉と〈銀将〉が、それぞれ〈☗8九桂〉の利くマス〈9七〉〈7七〉を占めることになる。

いくら他の駒を飛び越えることができる〈桂馬《けいま》〉であっても、さすがに自軍の駒がいるマスに跳ぶことはできない。だからその前に動かしておかなければ、永久に動きが取れなくなる。さっきの〈角行〉の交換によって、ちょうど〈7七〉のマスは空いている――。

危ない危ない。穴熊を完成させる前に気が付いて良かった。他に見落としはないか？　大丈夫か？

ああ難しい。誰か俺にアドバイスしてくれ、そう〈棋士〉は思った。

早く俺様を横に動かしてくれ、そう〈王将〉は思った。

もう少し、もう少しで穴熊囲いが完成する。

ただし今回我が軍の〈棋士〉がやろうとしているのは、普通の穴熊囲いではないことは明らかだ。何故なら〈桂馬〉が前に出てしまったから。通常の穴熊囲いでは、〈桂馬〉は動かず〈王将〉の隣にそのまま居座る。〈桂馬〉の利くマスには〈歩〉などを置いて、相手が穴熊囲いを崩そうとその駒に手をかけたら、ただちに〈桂馬〉の餌《え》食《じき》になるという仕組みである。それによって同時に〈王将〉の隣が空くため、横へ逃げる道も生まれるというのが、穴熊囲いの長所の一つなのだ。

だが自軍の〈棋士〉はさっき、〈☗8九桂〉を上げて〈☗7七桂〉にしてしまった。ということは変則穴熊だ。ぽっかり空いた〈8九〉の位置には、きっと〈金将〉か〈銀将〉あたりが来るのだろう。

敵はしたたかだ。さっきも空中戦のさなかに一度〈王手〉をかけられた。幸いそれは躱《かわ》すことができたが、いつ次の王手が来るかわからない。

変則でも何でも良いから、早く穴熊を完成させて俺様を守ってくれ、そう〈王将〉は思った。


こんな素人同士の対局を中継して、果たして視聴率取れるのかな？〈アナウンサー〉は疑問に思った。

地域密着型のケーブルテレビ局は、オリジナルコンテンツが命だ。ＢＳやＣＳなどの衛星放送がこれだけ発達し、地球の裏側で行われているオリンピックがリアルタイムで見られる21世紀の現在、地元のケーブルテレビ局が生き残る道は、オリジナルコンテンツの充実しかない。それはわかっている。

だがいくらオリジナルコンテンツと言っても、こんな素人同士の将棋の対戦を生中継して、視聴率が取れるのだろうか。確かにこの町には将棋好きが多いが、基本は自分で指すのが好きな人たちだろう。名人戦とかならば、見ていても面白いかも知れないが、所詮《しょせん》は素人同士の対局である。しかも棋士は二人とも男で、映像的に美味《おい》しいカットは皆無と来ている。全然売れていない奴でもいいから、せめてどちらか一方が若い女の芸能人とかだったら良かったのに。ビキニ姿のグラドルが盤面を前に、前屈《まえかが》みになって長考でもしてくれたら、もっともっと良かったのに——。

「おおっと先手〈☗7七桂〉だ！　ここで〈桂馬〉を上げました！」

ルーティン的に実況を続けながら、〈アナウンサー〉は疑問に思っていた。これ、果たして視聴率取れるのかな？


俺を早くもう一度跳ばせてくれ、そう〈☗7七桂〉は思った。

こんな中途半端な立ち位置では、俺の実力は発揮できない。

俺は俺たち桂馬族だけに許された特殊な動きで、敵陣に斬《き》り込むのが得意なのだ。相手が〈王将〉の守りをびっしり固めても、その上を軽々と飛び越えて王手をかけることができる。相手の駒も自軍の駒も飛び越えて進むことができるのは、俺たち桂馬族だけに許された特権だ。

もちろん守りでも力は発揮できるが、俺たちは基本攻め駒だ。それに最終ラインから上がって自軍の王より前に出てしまった現状では、もう王を守る役には立てそうもない。チェスの〈騎士《ナイト》〉と違って、将棋の〈桂馬〉は後ろには下がれないのだから。

だから俺を早く再び跳ばせて、敵陣に斬り込ませてくれ、そう〈☗7七桂〉は思っていた。

早くこのルールに慣れてくれ、そう〈観戦者A〉は思った。

この勝負には、地元商店街の未来がかかっているのだ。

商店街のすぐ近くに、全国規模でチェーン展開している大型量販店ができるという噂《うわさ》を聞いたのはつい一ヶ月前。全くの寝耳に水だった。それから急遽《きゆうきよ》反対する会を作って役場に陳情に行ったが、役場の担当者には、そう言われても我が国は自由主義経済ですからねえと軽くあしらわれてしまった。

「そんな。何かあっただろう、規制が」

商店街のリーダー格である八百清《やおせい》が口を尖《とが》らせた。

「ええ、確かに以前は〈大規模小売店舗における小売業の事業活動の調整に関する法律〉、いわゆる大店法というものが存在して、大型店舗の出店を規制していました」

「そ、それだよ、それ！」

八百清は色めき立ったが、役人は表情一つ変えずに続けた。

「しかしこの大店法は二〇〇〇年に廃止されて、現在では床面積1万平方メートル超の大規模集客施設の建設は、商業地や近隣商業地、準工業地のみに限定されるという、都市計画法の規制が残るだけなんです」

「な、何で廃止されちまったんだ、その法律」

「それは政治家に言って下さいよ。いわゆる規制緩和というやつですよ」

「むう……」

「そしてこちらに提出された出店計画書によると、出店予定地は商業地で全く問題ありませんし、風営法で規制ができるような業種の店でもない。はっきり言って、行政が何とかできる問題ではないんですよ」

「そ、そこを何とかしてくれないのかい！」

八百清は顳顬《こめかみ》に青筋を立てて食い下がった。紺地に白で染め抜かれた前掛けの、丸で囲んだ清の文字が揺れる。

「このままじゃ、商店街はシャッター通りになっちまうよ！」

だが役人は、静かに首を横に振った。

「法律で規制されていない以上、私どもには何ともなりませんね」

「行政は俺たちを見捨てるのか！」

「見捨てるだなんて人聞きの悪い。別に近所に大型量販店ができたからと言って、買い物客がすべてそちらに流れるとは限らないでしょう？　昔ながらの商店街での買い物を楽しむ方々だっている筈です。これからはみなさんの経営努力が問われる、そういう時代になったということですよ」

その顔には、もしも大型量販店ができたら町の税収も増えるし、反対する理由はどこにもないと書いてあった。

そこで次に俺たちは、噂になっている当の大型量販店の開発担当者に、思い切って当たってみることにした。いわゆる直談判《じかだんぱん》というやつである。無駄だ、向こうは俺たちを殺しに来ているんだぞ。そもそも会ってくれる筈がないだろう――そんな意見も多かったが、ダメ元で会見を申し込んだところ、意外なほどあっさりと会見が実現した。

上京し、殿様の住むお城に打ち首覚悟で諫言《かんげん》に乗り込む江戸時代の農民にでもなった気分で敵の本社に乗り込むと、意外なほど丁重な扱いで応接間に通され、美人の秘書からコーヒーなど振る舞われた後に入って来たのは、三つ揃《ぞろ》えをびしっと着込んだ、四〇歳前後のいかにも切れ者という感じの男だった。細身の男は、開発責任者の能勢《のせ》と名乗った。

俺たちはさっそく本題に入ったが、能勢は全ての質問に即答を避け、のらりくらりと返答をはぐらかす。隣で短気な魚政《うおまさ》が苛々《いらいら》しているのがわかり、俺は冷や冷やした。

「そういえばそろそろ夏祭りの季節ですね。今年はいつですか?」

「そんなこと訊《き》いて、どうしようってんだ!」

魚政がとうとう我慢できなくなった様子で嚙《か》みついた。

「いやあ、実は現地の視察も兼ねて、今年はそちらの夏祭りに参加させてもらうのも良いなあと、この前社長と話していたのですよ」

「冗談じゃねえ。祭りになんか来てみろ。社長共々ぶん殴ってやる」

「おやおや、物騒な。お祭りとは基本、誰が来てもウェルカムなものではないのですか?」

「ああ、普通はそうだよ。だがお前たちだけはダメだ」

「ちょっとちょっと魚政さん」八百清が慌てて窘《たしな》めた。「せっかく向こうが紳士的に話をしてくれているのに、そんなに噛み付いたら悪いよ」

すると魚政は、不貞腐《ふてくさ》れたような顔で八百清を睨《にら》みつけた。

「うるせいやい。あんたの交渉のやり方はヌルいんだよ！　俺はこういうナヨナヨしてはっきりしない奴が一番嫌いなんでえ。騙《だま》されねえぞ、こんなコーヒー一杯で！」

まずいな、と俺は思った。ここで内部分裂していては相手の思う壺《つぼ》である。あるいは海千山千の向こうは、あらかじめこうなることを見越して、わざと曖昧《あいまい》な態度を取っていたのだろうか？

ところが能勢が次に訊いて来たのは、何とも奇妙な質問だった。

「ところでみなさん、将棋はお好きですよね？」

俺たちは顔を見合わせた。確かに俺たちの町は将棋が盛んだ。だがここでそれを訊いてどうしようというんだ？　相手の意図がわからなかった。

「好、好きだよ、もちろん。だがそれがどうした！」

魚政が再び口角泡を飛ばした。

すると能勢は、俺たちの予想のさらに斜め上の提案をして来た。

「実はウチの社長は大の将棋好きでして、アマチュアの大会に出て時々優勝するくらいの腕前なんですが、どうですか、夏祭りの時にでもおたく様の代表者とウチの社長が、余興の一環として将棋を指して、それで決着を付けるというのは」

「決着？」

俺たちは再び顔を見合わせた。

「ええ。それでもしおたく様の代表が勝ったら、我々は出店を思い止《とど》まりましょう」

何なんだその、少年漫画誌みたいな決着の付け方はと思ったが、考えてみるとこれは願ってもないチャンスである。直談判に来たはいいが、実質俺たちには、出店を止める手段は全くないに等しかったのだ。せいぜいが相手の情に訴えることくらいで、だからこそみんな魚政の暴走を心配していたわけだが、それが将棋勝負に持ち込めることになっただけで、俺たちからしたら儲《もう》けもの以外の何物でもない。もちろん快諾し、地元に戻ってさっそく棋士の選定に入った。

確実に勝つために、みんなでお金を出し合ってプロ棋士を雇い、関係者のフリをして対局させたらどうかという案が出た。いくら向こうの社長が将棋好きと言っても所詮はアマチュア、忙しいA級プロを雇うのは難しいかも知れないし、C級プロでは少々不安だが、ギャラさえはずめばB級プロならスケジュールを押さえられるだろう、それで問題なく勝てる筈だと、飯田《いいだ》精米店の娘婿《むすめむこ》が言ったのだ。

だが結局それは止《や》めておくことにした。能勢は〈おたく様の代表者〉と言った。これはやはり、我々商店街関係者の代表と解釈するのが普通だろう。こちらの棋士は対局の三日前までに決めて通知するという取り決めだが、もし相手が潤沢《じゅんたく》な資金力にものを言わせて興信所でも雇ったら、棋士の素性はすぐにバレてしまうことだろう。これは重大な約束違反、おたくの反則負けですねなどと言われたら一巻の終わりである。

そこで急遽白羽の矢が立ったのが、八百清の倅《せがれ》の蒼汰《そうた》だ。将棋好きの多い俺たちの町でも、小さい頃から大人顔負けに将棋が強く、奨励会（プロ棋士を目指す青少年によるリーグ）に入れてやりてえんだと、上京させて一人暮らしをさせる金もないくせに八百清が言っていたほどだ。結局プロ棋士の道は思い止まり、今は県庁所在地にある国立大の文学部で三年生になっている筈だが、そこでも将棋同好会の部長をやっているという。

よし、蒼汰ならば間違いなく俺たちの身内の人間だし、将棋の腕も確かだ。安心して任せられるとみんなが同意した。正直これ以上の人選はないと思ったものだ。

八百清によると初め蒼汰は、責任重大だからやりたくないと渋っていたらしいが、商店街のために一肌脱いでくれと頼み込むと、最終的には快諾してくれたという。普段は大学の近くに下宿しているが、祭りのために昨日から町に戻っている。

だがここまでの盤上の流れを見る限りでは、さすがの蒼汰も少々苦戦を強いられているようだ。

やはり特殊ルールがネックなのか——。

〈観戦者A〉は思った。おい蒼汰！　頼むから早くルールに慣れてくれ！

何をやっているんだ、早く俺を動かしてくれ、そう〈☗7五歩〉は思っていた。

チンタラ穴熊囲いなんかやって守りを固めている場合じゃないだろ！　攻めなきゃダメだろ攻めなきゃ！

商店街がシャッター通りになるかどうかがかかっているんだろう？

だったらもっと気合を入れ直せ！

だが一介の駒のそんな内面の声は当然〈棋士〉には届かず、ヒマを持て余した〈☗7五歩〉はふと、これとよく似た状況が描かれた、昔読んだ小説のことを憶《おも》い出した。

舞台は戦場。主人公は戦場を駆け巡る兵士だが、戦争だから当然生命《いのち》が危険に晒《さら》される。主人公の仲間たちも、次々と討ち死にする。彼らの犠牲を無にしないためにもと主人公は奮戦し、最終的には何とか自軍が勝利を収める。

ところが次の瞬間、とんでもないことが起こる。突然地面が傾き、命にかけてお護《まも》りしていた王様も、勇敢だった味方の兵士たちも、敵の敗残兵たちも、そしてもちろん主人公も、みんな一緒に地面を滑り落ちて、小さな箱に収まってしまうのだ。

そう、西洋の小説だから将棋ではなくチェスだが、実は兵士たちは駒の擬人化だったことが、最後にわかるというサプライズだ。

だが今日は、勝負が終わってもこの地面が傾くことはない。

そして俺たちは、自分たちが将棋の駒であることを知っている。それがその小説との決定的な違いである——。

我に返った。盤上を見回す。遠くで小競《こぜ》り合《あ》いが続いているだけで、さっきから大きな変化はない。

ああ苛々する。〈☗7五歩〉は思った。何をチンタラやっているんだ。早く。早く俺を進めて〈と金〉にしてくれ！


戦況は我が軍やや不利か、そう〈角行〉は思っていた。

戦いがはじまるとすぐに敵の〈角行〉と相討ちのようになり、将棋盤を一時的に離れることを余儀なくされた。今や俺は敵の持ち駒として、盤上に戻されるのを待っている身の上だ。

俗に岡目《おかめ》八目《はちもく》と言うが、あれはどうやら本当らしい。盤上にいる時には見えなかった戦局が、こうして盤の外に立って眺めてみるとよくわかる。テレビで対局を見ていると、プロの棋士でもたまに信じられないような悪手《あくしゅ》を指して解説者が首を傾《かし》げていることがあるが、あれはこういうことなのだろうなと納得する。

ちなみに俺が〈我が軍〉と言う時、それは元いた陣営、すなわち蒼汰軍のことを指している。

もちろん盤上に戻されたら、俺は敵軍の〈角行〉として仕事をしなくてはならない。それが辛《つら》いところではあるが、それはまあ俺だけじゃなくて、みんなそうなのだから仕方がない。

うん、戦況は我が軍やや不利だ、そう〈角行〉は思った。

何と楽しいんだ、そう〈社長〉は思った。

この特殊ルールの将棋を指すのが、俺の長年の夢だったのだ。

だから俺は自分の店の進出の噂を、この町の周辺一帯に流しまくった。

正直なことを言うと、店の進出なんてどうでも良い。

能勢が厳しい顔をして睨んでいるが、用地買収もまだ済んでいないし、今なら撤退してもウチの会社にはほとんど被害はない筈だ。

もちろん、だからといって手を抜くつもりは毛頭ない。どんな将棋だろうが、指す以上は全力で勝ちに行く。プロもアマチュアも問わず、将棋指しならば当たり前のことである。出店するかどうかは、勝った上で俺が胸一つで決める。

さて、そろそろ再び攻撃を仕掛けるか、そう〈社長〉は思った。


社長、良かったですね、そう〈能勢〉は思っていた。

今回は社長の気まぐれに付き合いましたけど、これきりですよ。

ウチは一軒当たりの店舗面積は大きいですが、業種はあくまで小売業なんですからね。そして小売業なんて、一寸先は闇《やみ》なんですからね。店舗が大きい分、一軒コケたら被害は甚大《じんだい》、そのまま社運が傾きかねないんですからね。

全部ではないですが、出店の噂に信憑性《しんぴょうせい》を持たせるため、一部の土地は本当に買収したんですからね。御自分の趣味に会社を利用なさるようなことは、今後は慎んで下さいよ。

ウチが買収したおかげで周辺の土地も軒並み値上がりしちゃって、ここで買収した土地を売り抜ければ会社は儲かってしまいますけど、それはそれで土地転がしやら風説の流布《るふ》やら、あらぬ疑いをいろいろと招いてしまうので一筋縄では行かないのですよ。その尻拭《しりぬぐ》いをするのは私なんですからね。撤退を軽く考えていらっしゃるようですけど、ただ一言止《や》めたと言うだけでは済まないのですからね——。

それにしてもこの将棋、そんなに面白いですか。

お顔を拝見する限り、面白いみたいですね。そんな楽しそうなお顔、久方ぶりに見ましたよ。まあ正直な話、社長のようなタイプの人間には、たまらないだろうとは思います。

まあ良いでしょう。繰り返しますが今回だけですからね。存分に楽しんで下さいね。

やっと一歩進めてくれた。

〈歩〉は自分の顔が紅潮し、心臓の鼓動が速まるのを感じた。今や彼は〈☗7四歩〉である。

あと一マス。一マスで俺は晴れて〈と金〉になれる。

俺が〈と金〉になれば、この戦況を変えられる。

さっき俺は、〈と金〉は駒としての価値は〈金将〉と全く同じだと言ったが、よく考えると同じどころか、むしろ〈金将〉よりも価値が高いかも知れない。何故なら〈と金〉は敵陣に斬り込んで仮に討ち死にしたとしても、敵の戦力をほとんどアップさせないからだ。〈金将〉が討ち死にしたら、そのまま相手の持ち駒になってしまうが、〈と金〉ならば、敵はただの〈歩〉が一枚増えるだけに過ぎない。

ああ〈と金〉！ 〈と金〉は盤上で、どの駒よりも光り輝く。何故ならその背中には、そこまでのし上がった過去そのものが刻印されているのだから。〈と金〉、ああ何という甘美な音の響き。その出世具合は、〈飛車〉が〈龍王《りゅうおう》〉になったり〈角行〉が〈龍馬《りゅうま》〉になったりするのとは比べ物にならない。一介の〈歩〉が、突如として王を倒す重要な駒になるという、まるで愚者が王になるカーニバルを髣髴《ほうふつ》とさせるそのシステム。ミハイル・バフチン的な祝祭！ ニーチェ的な一切価値の顛倒《てんとう》！

ああ、一刻も早く〈と金〉になりたい。あの背中の赤い〈と〉の字に憧《あこが》れる！ もしこの対局中に〈と金〉になれたら、きっと俺の人生も変わって来るに違いない！

だが次の瞬間〈歩〉は、とある重大な事実に気付き、一気に背中から冷水を浴びせられたように感じた。

それは敵の〈☖8一桂〉の存在だ。

〈7三〉のマスは、〈☖8一桂〉がひとっとびで跳ぶことができるマスである。つまり俺があと一歩進んで〈☗7三歩成〉になった次の瞬間に、〈☖8一桂〉の餌食になってしまうということを意味する。だから自軍の〈棋士〉も俺をなかなか動かさず、敵の出方を窺《うかが》っていたのだろう。

この将棋は特殊ルールで、全ての駒を一度は動かさなければならないのだが、〈☖8一桂〉は開始から一度も動いていない。俺がこのまま敵陣に突入したら、正に奴にとっては一石二鳥。これ幸いと跳んで俺を食うことだろう。

せっかくここまで一歩一歩進んで来て、そんな死に方だけは御免だ。それでは死んでも死に切れない。もし向こうが先に動いて〈☖7三桂〉になってくれていたら、俺のこの〈☗7四歩〉は、敵桂の頭を突く絶妙の一手になった筈なのに――。

何とか今すぐ、〈と金〉になる手はないものか。

〈と金〉になれば、斜め前にも進める。すなわち同じ敵陣でも〈7三〉ではなく〈8三〉あるいは〈6三〉のマスに突入できる。〈6三〉に進んで敵の〈王将〉に睨みを利かせることもできるし、〈8三〉に進んで憎きあの〈☖8一桂〉や〈☖9一香〉の首を次々と獲《と》ることもできる。分捕った〈桂馬〉や〈香車〉は、蒼汰が敵の〈王将〉を追い詰める時に、必ずや役に立つことだろう。

ああ、今すぐ〈と金〉になりたい！　もう一刻も待っていられない！

早く盤面に俺を戻してくれ、そう〈角行〉は思っていた。

大事なところで使われるのだろうと、ワクワクしながら待っていたのだが、もう待つのも飽きた。今すぐ盤上に戻り、あの光り輝く、戦場を縦横無尽に駆け巡りたい。

一体何をやっているんだ。早く俺を盤上に戻してくれ。〈棋士〉は俺の機動力を忘れてしまったのだろうか？


あいつ、何をしてるんだ？　そう〈棋士〉は思った。

俺は何も指示を出していないぞ！

棋士が指示を出していないのに、駒が勝手に動くなんて、それはもはや将棋じゃないぞ！


「何をしているんだ、あいつ？」

〈観戦者B〉は思わず叫んだ。

〈観戦者B〉のすぐ目の前で、〈☗7四歩〉が突然〈歩〉と書かれた頭の被《かぶ》りものを外して地面に投げ捨てたかと思うと、続いて雑兵用の簡素な甲冑《かっちゅう》を外し、さらに上の肌着まで脱いで、上半身裸になったからだ。

場内がざわめき、係員が駆け寄ろうとした。

「来るな！」

〈☗7四歩〉が大声で威嚇《いかく》した。

〈係員〉は恟《ぎょ》っとして立ち止まった。

何と〈☗7四歩〉の手に、サバイバルナイフが握られているのが見えたからだ。それまで甲冑の下に隠し持っていたのだろうか。白刃《はくじん》が午後の太陽の光にきらきら輝く。

一体何をしようというのだ？　まさかあのナイフで、誰かを刺そうとでもしているのか？　今すぐ止めなくては――。

だが〈係員〉は恐怖のあまり、自分の足が竦《すく》んでしまっているのを感じた。

「あんたの息子、何してんだ？」

八百清が叫んだ。

「わからねえ」

魚政はそう言ってごま塩の短髪頭を抱えた。

「図体が俺よりでかくなってからというもの、あいつの考えていることは、さっぱりわからねえ」

〈☗7四歩〉は魚政の倅匡也《まさや》だった。長い間引き籠《こも》っていた匡也は、今回の祭りの駒役募集をネットで見て、自らそれに志願した。魚政宅では家族みんなが、長男が何年かぶりに外に出ることを喜んでいたのだが――。

〈匡也〉は不敵な笑みを泛《うか》べると、ナイフを持った手を後ろ手に回して、そのまま鋭い刃先を、自らの左の肩甲骨の下あたりにすう、と差し入れた。

鮮血が飛び散り、場内は悲鳴に包まれた。

〈匡也〉は痛みに一瞬顔を歪《ゆが》めたが、歯を食いしばってそれに耐えた。

〈匡也〉の一番近くにいた〈係員〉は、依然として足が竦んで動けずにいた。

「まさか、祭りの最中に自殺⁉」

〈観戦者B〉は再び叫んだ。場内も騒然となった。

〈観戦者B〉は新聞記者だった。一体何故、と考える間も惜しんで、デジカメを取り出し、シャッターを押し続けた。

これは特ダネだ。考えるのは後だ。夏祭りのダルい埋《う》め草《くさ》記事を書きに来たのに、こんな場面に出くわすなんて俺はツイている。この事件の詳細な背景と、あの少年の心の闇を暴き出して特集記事にすることができれば、ひょっとしたら社長賞ものだぞ！

衆人環視の中、〈匡也〉はそのままナイフを斜め下に向けて自らの背中を切り裂くと、続いて今度は右の肩甲骨の下に刃を差し込んだ。そのままものすごい形相でやはり斜め下に大きく切り下げ、カーブを描いて右の腰骨の近くまで達した。

そこでさすがに力尽きたのか、そのまま盤上に前のめりに倒れた。

〈係員〉は衝《は》っと我に返って駈《か》け出した。

矩形《くけい》に区切られた地面の上、前のめりに倒れている若者の上に屈み込む。

「しっかりしろ、いま救急車を呼ぶから！」

「お、俺は、〈と金〉になれたかな……」

背中を真紅に染めた若者が、絶え絶えの息で呟《つぶや》いた。

「うん、動かないで。大丈夫だから」

「俺は〈と金〉に……」

〈係員〉は若者の言っている言葉の意味が全くわからなかったが、とりあえず落ち着かせるために言った。

「わかった。君は立派な〈と金〉だ。安心しろ！」


一体何が起こっているんだ？

〈アナウンサー〉は焦っていた。さっきから全く実況ができていない。あまりの事態に、頭がついて行っていないのだ。

「おい、見ろよ、あの背中！」

誰かの怒号が聞こえ、〈アナウンサー〉は目を凝らした。

「あれは『と』だよ『と』。平仮名の『と』だよ！」

そうか。その背中に刻まれた真っ赤な血文字の意味にようやく気付いた〈アナウンサー〉は、マイクに向かって叫んだ。

「〈と金〉です！　何と〈☗7四歩〉が、その場で〈と金〉になりました！　〈☗7四歩成〉です！」


〈蒼汰〉は絶句していた。

〈蒼汰〉と〈匡也〉は、小中高とずっと同じクラスで、仲が良かった。二人共、文学や哲学に興味があったので、話が合ったのだ。良く本の貸し借りなどもしていた。

ところが匡也は、ある日を境に一切学校に来なくなった。心配した蒼汰が家に行っても、部屋から出て来ない。こんな田舎町で文学論を戦わせたり、高価な哲学書の貸し借りができる相手は匡也だけだったから、蒼汰は悲しかった。食事だけは母親が毎食運んでドアの前に置いておくと、いつの間にか食べているという話だったが……。

そしてこの時この場で、〈匡也〉の行動の意味を理解していたのは、恐らく唯一〈蒼汰〉だけだった。あいつは〈と金〉に憧れるあまり、〈と金〉になれなければ、自分の全てが無価値であると思い込んでしまったのだろう。キルケゴールが『死に至る病』の中で、〈カエサルかしからずんば無〉という形で述べた、危険な精神の兆候だ——。

〈社長〉は目の前の光景に困惑していた。

一体何なんだ、〈歩〉役のあの若者は？

だが次の瞬間、観客たちの叫びが耳に入った。

「〈と金〉だよ〈と金〉！」

そうか、あの若者は地元の商店街を救うため、自分で自分の背中を切り裂いて？

うわあ、どうやらここは、想像以上に面倒くさい土地柄らしい。止めた止めた。出店は取り止めだ。こんな面倒くさい土地で、地元住民とのゴタゴタに巻き込まれるのは真っ平御免だ！


全ての駒を最低一回は動かさなければならないのは、壮麗な甲冑や戦国時代の煌《きら》びやかな衣《い》裳《しょう》に身を包んだ駒たち全員に、それぞれ見せ場を与えるためだ。町の行事として六〇年以上の歴史を持ち、現在では祭りのメインイベントとして観光客にも人気の山形県T市の人間将棋、始まって以来の椿事《ちんじ》だった。

黒いすずらん

千澤のり子

千澤《ちざわ》のり子《こ》

1973年生まれ。羽住典子名義で、評論家としても活動している。二階堂黎人との合作『ルームシェア　私立探偵・桐山真紀子』を発表し作家デビュー。単著は『君が見つけた星座　鵬藤高校天文部』『シンフォニック・ロスト』『マーダーゲーム』、ほか、合作・共著・編著に『レクイエム』『サイバーミステリ宣言!』『人狼作家』。

1

おばあちゃんは、囲碁の先生だった。

札幌に引き取られたのは、あたしが六歳の頃だ。それまでは、ママとふたりで東京の小さな家に住んでいた。パパは、すごく遠いところでお仕事をしていたから、ほとんど会えなかった。

六歳のクリスマスの日。

パパは大きなケーキとクマのぬいぐるみを持って帰ってきた。絵本とは違って赤い服は着ていないし、帽子もかぶっていないけれど、白いおひげのパパはサンタさんにそっくりだ。

ケーキの上にろうそくを立てる。誕生日のお祝いみたいに、あたしはその火を吹き消した。部屋の中が真っ暗になり、パパはマッチの火を頼りに電灯を点《つ》けた。

ごちそうを食べながら、ママもあたしも、いつもよりもはしゃいでいた。絵本の「マッチ売りの少女」がマッチを灯《とも》しているときのように、この幸せがずっと続くようにと思った。パジャマにも着替えず、あたしはいつの間にか眠ってしまった。

サイレンの音で、目が覚めた。

すごく熱くて、バチバチと音がする。ふすまの開いた隣の部屋では、真っ黒なふたつの何かが、うごめいていた。そっちに行こうとしても、火が激しくなって動けない。

窓ガラスが割れた。クマのぬいぐるみが誰かに持ち去られそうになっている。あたしは大声をあげて、クマを取り返した。

そのあとは、覚えていない。

病院のベッドの上で、あたしは消防士さんに助けられたと知った。大人たちが何人もやってきて、火事の状況を訊《たず》ねてきた。おなかがいっぱいになって眠ってしまったとしか答えられない。

刑事と名乗る人たちの話から、誰かが家に火をつけたと聞いた。でも、犯人は捕まっていないらしい。そして、その中の一人が、優しく伝えてきた。

「ママはパパと一緒に、遠くにお仕事に行っているんだよ」

信じることはできなかった。ママがあたしに黙って遠くに行くことなんてない。

悪い夢なんだ。とても、とても怖い夢なんだ。

火が消えないようにと願ったから、神様が罰を与えているんだ。

暗い夢から覚めることはなかった。


桜が咲く前に、あたしはやっと退院できた。

病院には、鈴を振るような声のお姉さんが迎えに来てくれた。名前は「タエさん」といって、おばあちゃんの家のお手伝いさんだ。これまでも、何度かお見舞いに来てくれた。

「裸ではかわいそう」とクマのぬいぐるみにお洋服を作ってくれたのも、タエさんだ。ふっくらとした手をしていて、お花の匂《にお》いがする。ママと年はそんなに変わらないそうだ。

タエさんの運転する車に乗って、あたしたちは空港に向かった。あたしの荷物はクマのぬいぐるみだけ。服も新しい。買ってもらったばかりのランドセルも、小学校になったら使う机も、幼稚園で描いた絵も、みんな、みんな火事で焼けてしまった。

初めて乗る飛行機で気持ちが悪くなり、千歳《ちとせ》という場所に着いたときには、あたしは口も利けないほど疲れていた。

空港にはパパの部下だという男の人が待っていて、分厚いオーバーを着せてくれた。かすかにタバコの匂いがする。パパの匂いとはちょっと違うし、年も若そうだ。あたしは、もういないパパの顔を思い出した。

空港の近くのレストランでお昼ごはんを食べたら、具合がよくなってきた。おばあちゃんの住む家は、ここからずっと先の札幌と小樽《おたる》の間にあるらしい。もともとはパパのものだったという大きな車は、タエさんの運転していた車よりもずっと乗り心地がよかった。

後ろの座席にタエさんと並んで座り、ジュースを飲みながら、あたしはこれからのことを聞いた。

東京にはもう戻らず、おばあちゃんと一緒に暮らすらしい。おうちはすごく広くて、大きな敷地の中に母屋という家や、離れというお客さんが泊まれる場所や、納屋という物置があるそうだ。今は雪で埋もれているけれど、お庭にはお花がたくさん咲いていて、敷地の裏には山もあるという。

学校には通わなくていいそうだ。勉強は、住み込みの家庭教師に習うらしい。東京にいた頃は小学校に入学する日を楽しみにしていたけれど、ママのいない場所は心細い。だから、別にずっとおうちにいても構わない。

それに、あたしは一人で通学することすらできないだろう。友達だって、できるかどうか分からない。

「おばあちゃんはパパのママなの？　それとも、ママのママなの？」

しばらく話が途絶えたあと、あたしはタエさんに訊ねた。ずっと握られていた手が、少しだけ緩む。返事はなかった。タエさんは、眠ってしまったみたいだった。タエさんの腕に頬《ほお》をつけ、あたしも目を閉じた。

起きたらおばあちゃんの家に着いていた。車から降りたら、頭や顔に冷たいものが降りかかってくる。北海道では、春でも雪が降るそうだ。

屋根付きのガレージではなく、庭にそのまま車を停《と》めたので、湿った土に足をとられて転んで

しまった。手をついたら、手首まで雪に埋もれてしまう。柔らかくて、すごく冷たい。東京では
ほとんど雪が降らないから、こんな感触は初めてだ。

右手で雪をすくい、口に含んでみる。味のしないかき氷みたいだった。

「何してるの！」

タエさんが駆け寄ってきて、あたしを引き寄せた。左腕で抱えていたクマのぬいぐるみが、雪
の中に落ちる。

「雪の下には花壇があるの。根に毒を持っている花もあるから、雪は食べないで。絶対に駄目
よ」

びっくりして、あたしは声をあげて泣きだした。タエさんに叱《しか》られたからというわけではない。

これまでの、そしてこれからの不安が爆発したのだ。

そのとき、どこからか、よく響く甲高《かんだか》い声がした。

「騒々しいね。何の騒ぎだよ」

顔も見たことがないのに、声の主はおばあちゃんだと、すぐに分かった。

2

初めてやってきた日から、あたしは、離れの玄関にいちばん近い部屋を使わせてもらっている。

離れといっても、ママと住んでいた家よりもずっと広い。部屋もいっぱいあって、台所やトイレ、お風呂もついている。

食事は離れで作ってもらい、自分の部屋で三食を済ませていた。部屋は畳じゃなくてフローリングで、ベッドや勉強机以外に、食事用のテーブルや椅子《いす》もある。テレビはないけど、その代わり、ここではたくさんの音楽を聴くことができた。

あたしのいるお部屋は、昔、パパがお仕事で使っていたらしい。そのことも、パパが有名な楽団の指揮者だったということも、おしゃべり好きのお手伝いさんが教えてくれた。

ずっと、パパは大きな会社の社長さんなのだと思っていた。だけど、実際に会社を経営しているのは、おばあちゃんなんだという。

「どうして、パパは東京でママやあたしたちと暮らさなかったの？」

結婚したら、夫婦は一緒に住むのではないか。ママはお仕事をしていなかったから、みんなで札幌に暮らすこともできたのに、なぜ別々に暮らしていたのだろう。

何回か訊ねたけれど、おしゃべりなお手伝いさんは答えてくれなかった。タエさんに聞いても、反応は同じだった。

新しい生活には、だいぶ慣れてきた。

あたしは学校には通わず、午前中だけ、家庭教師の人から勉強を教わっている。

字を読むことを習い、ワープロという機械を使って文章を書くことを覚えた。計算はそろばんを使い、足し算や引き算だけじゃなく、掛け算や割り算もできるようになっている。理科や社会は本を読んで、いろんなことを覚えていた。ほかの小学生と比べたことはないけれど、物覚えが良いとよく褒められている。

午後は母屋に行って、いちばん年配のお手伝いさんから礼儀作法を習った。母屋には縁側のついたすごく長い廊下があって、部屋は全部廊下に面している。玄関は端っこで、お客様の待機室、食堂、洋風の応接間、和室の応接間が続き、その奥には書庫、物置、衣装部屋、おばあちゃんの寝室などがある。

その廊下を、飲み物を入れたトレイを持ち、こぼさないように歩く。音も立てず、背筋を伸ばして歩くのは、すごく難しい。全然うまくできず、こぼした飲み物を拭《ふ》き取るのも、礼儀作法のひとつと言われ、掃除の仕方も教わった。

今では台所でお茶を準備し、廊下の端まで運べる。廊下の掃除だけでなく、窓や縁側の掃除もあたしの役目になっていた。

年配のお手伝いさんからは、着付けも習った。着物は、鏡を見なくてもきちんと着ることができる。むしろ、他人の目を意識しすぎると崩れやすくなるらしい。洋服のように、今日はスカートにしようか、ズボンにしようかと選ぶ必要もないので、あたしは毎日着物で過ごすようになった。

着物はしょっちゅう洗濯をしなくていいけれど、匂いが気になる。「古布の匂いは好きじゃない」と言ったら、タエさんが、袂《たもと》に入れる匂い袋をくれた。庭に咲いている花を乾燥させ、香料を混ぜて作ったポプリという名前のものだ。桜、バラ、百合《ゆり》、すずらん、金木犀《きんもくせい》、雪の降らない短い期間は、いろいろな花が庭に咲いている。材料には困らない。

あたしは毎日庭から花を摘んできて、部屋の中に飾るようになった。花の香りに包まれていると、真っ暗な世界から抜け出せるような気がした。

おばあちゃんには、囲碁を習うときだけ会えた。たった一人だけの家族で、同じ敷地に住んでいるのに、顔を合わせるのは、ほんのわずかな時間しかない。

ほかのお客さんたちと同じように、囲碁の時間なら、和室の応接間に立ち入ることを許された。畳とお香の匂いが入り交じる、すごく落ち着ける場所だ。あたしは、この部屋に入るのが大好きだった。

「囲碁のルールはとても簡単なんだよ。囲碁盤の線と線の交差しているところに、黒、白、黒、白と交互に石を置いていく。そして、最後に広く自分の陣地をとったほうが勝ちになるんだよ」

おばあちゃんは先生だから、後攻で白の石を使う。あたしは下っ端だから、突起のついた黒の石を持つ。

縦の線と横の線が九本ずつある九路盤から始め、だんだん十三路盤、十九路盤と盤面は広がっていった。

線は桟になっていて、指でなぞっても分かるほどへこんでいる。その交差する十字のところに、石をはめ込んでいく。

相手に切り離されないように、石をつなげる。でも、間を空けずに石を置いて一本の線にしていくのではない。自分の石で相手の石を囲み、中にある石を全《すべ》て取ることもできる。シチョウ、ゲタ、ウッテガエシ、オイオトシ、石の取り方はたくさん覚えた。

ある程度決まり事を覚えてきたら、一人でもできる詰碁というのを習った。周囲を全て相手の石で囲まれても、その中で自分の陣地が二つに分けられれば生きることができる。それが無理なら、相手の中にある石は全て死んでしまう。死んでしまうと置いた石は全て無駄になってしまう。生きるためにはどうするか、相手を殺すにはどうするか。ほんの少ししか石が置いていないのに、次の一手で生死が決まってしまうこともある。

あたしは、対局するよりも、詰碁のほうが好きだった。対局は、おばあちゃんに勝てないからだ。師匠は、弟子に勝つコツを教えるために、わざと自分が不利なように動く。それが、指導碁と呼ばれるらしい。

だけど、おばあちゃんは、あたしに容赦しなかった。

「どうしたらこの子を殺せるかね」

「お前なんて死んでしまえばいいんだよ」

「誰が生かしてやるものか」

囲碁を習う時間は必ず一時間あり、あたしは毎日、おばあちゃんに呪《のろ》いの言葉をかけ続けられた。

「いつか、おばあちゃんを殺したい」

そのために、あたしは囲碁盤と碁石を借り、自分の部屋で夜遅くまで詰碁を勉強した。

3

いつの間にか、四年が過ぎていた。

六月のはじめ、あたしは十歳になった。生活はここに来てからと、ほとんど変わっていない。学校にも通わないいままだ。

家庭教師やお手伝いさんは何人も替わっていった。気むずかしいおばあちゃんとは、そりが合わない人も多いのだ。あたしも未《いま》だに仲良くできないのだから、無理もない。

タエさんも、昨年から住み込みではなくなってしまった。お肉やお魚を運んでくる宅配業者の人と結婚したのだ。お仕事は辞めないけれど、もうすぐ赤ちゃんが生まれるので、しばらく長期のお休みに入ってしまう。

なので、今までタエさんがやっていた、囲碁のお客様たちの応対は、あたしがすることになった。お仕事のほとんどが、指導碁の予約受付だ。電話はいつかかってくるか分からないので、袂に子機を入れている。勉強中に電話がかかってくることも珍しくない。

ほかには、おばあちゃんの出張手配もする。

「何月の何週目の何曜日というふうに、出張の日程は、毎年そんなに変わらないのよ」

おばあちゃんの出張は、三月と九月と十二月の下旬だった。大会や理事会が東京で行われるからだ。次の九月までは、タエさんが手配をしてくれた。でも、十二月の出張は、あたしがやらないとならない。タエさんが分かりやすく作業内容をまとめてくれているけれど、ちょっと不安だった。

だいたいいつも、夕食の終わった自由時間に、次の日のスケジュールを確認しておく。午前中は勉強、お昼を早めに取ったら、和室の掃除をして、お客様とおばあちゃんのお茶やお菓子を用意する。

明日は、十五時からお客様が来る予定だ。予約の電話は受けていない。なんでも、おばあちゃんの古くからの知り合いなので、直接連絡を受けていたそうだ。

飲み物は自家製梅ジュース、お菓子はなし。子機にはおばあちゃんの声で、メッセージが録音されていた。

ほかに、来客の予定はない。たまには、こんな日もある。

そろそろ寝る支度をしようと、机から離れたら、大きな物音がした。

「なんだ、いたのかい」

おばあちゃんだ。離れに来ることはめったにないので、驚く。

「廊下の電気も消えてたから、庭で花でも摘んでるかと思ったよ」

「お手伝いさんたちが引き下がったあとは、いつも電気を消しているの」

興味がないという感じに「フン」鼻を鳴らしてから、おばあちゃんは言った。

「すずらんばかり飾って、まるで、雑草の部屋だね」

すずらんはいちばん好きな匂いの花だから、この時期は必ず部屋にたくさん活《い》けている。

「あんたじゃ取れないと思って、バラを持ってきたよ」

「ありがとう!」

あたしはバラも大好きだ。だけど、刺《とげ》があるから、切り取って飾るのは抵抗がある。小さい頃はタエさんに頼んで部屋に飾ってもらっていたけれど、最近はポプリだけで我慢していた。

やっぱり、生花は香りが違う。

「お前、そんなにあたしを殺したいのか」

胸が高鳴った。ワープロをつけっぱなしにしていたのだ。そこには、おばあちゃんの石を殺す殺害計画書をまとめている。

「違うの。おばあちゃんを殺したいんじゃなくて、あたし、おばあちゃんに勝ちたくて」

「〈先生〉と呼べと、何度言ったら分かるんだ」

「ごめんなさい。先生」

「お前に〈おばあちゃん〉と呼ばれると虫唾《むしず》が走るね」

そう言って、おばあちゃんは部屋から出て行った。

せっかくバラの花を持ってきてくれたのに、怒らせてしまった。

やっぱり、おばあちゃんは、あたしのことが嫌いなんだ。

そんなこと、この家に来た日からずっと分かっていたけれど、涙が出てきた。

もっと囲碁が強くなったら、おばあちゃんはあたしを好きになってくれるだろうか。

何年も経《た》つのに、あたしはおばあちゃんから一度も陣地を取れたことがない。どんなにハンデをつけてもらっても、石は切られ、盤上の隅で黒石は死んでいく。

いつか、囲碁で勝ちたい。


だけど、その願いは叶《かな》わなかった。

おばあちゃんは、次の日に死んだのだ。

4

その日の十五時十分前。

あたしは、お客様とおばあちゃんの飲み物を用意して、和室の応接間に入った。

応接間の中央に碁盤を構え、盤を挟んで向かい合わせになるように座布団を置く。棚からお客様用の碁石を出す。あたしが使っているものと違い、パチ、パチとすごく綺麗《きれい》な音が鳴る高級品だ。

それから、石の横に小さなトレイを置き、運んできた飲み物を上にのせる。

コップの中身は、庭で採れた梅の実で作ったジュース。シロップと漬けた梅をコップに入れて、冷蔵庫で長時間冷やしたミネラルウォーターを注ぐ。ただし、ミネラルウォーターはお客様だけ。おばあちゃんは硬水を嫌がるので、水道水を使っている。東京とは違って、こっちは普通の水道水でもすごく美味《おい》しいのだ。

コップは小樽ガラスのペア。同じ形なので、右側のコップはおばあちゃん、左側のコップはお客様と間違えないように気をつける。

碁石で席を確認した。一つ目の蓋《ふた》をあけ、中を触る。石は突起がなくつるつるだった。ならばこっちが白石で、おばあちゃんの使う石だ。あたしは石のケースの横に、コースターを置き、右側のコップをのせた。反対側の席には、同様に、左側のコップを準備する。

間違いなし。

どちらがどちらのジュースを飲んでも変わらないとは思うけれど、おばあちゃんはすごく勘が鋭いから、もしも間違えた場合、気づかれたら叱られてしまう。

こんな些細《ささい》なことでも、おばあちゃんはあたしを叱る材料を探しているのだった。

廊下から、おばあちゃんの声が聞こえてきた。あたしは慌てて、ふすまで仕切られている洋間の応接室に身を隠した。

おばあちゃんは、お客様の前にあたしが顔を見せることを嫌がる。今、廊下に出たらお客様と鉢合わせしてしまうから、しばらくここにいて、指導が始まってからそっと部屋を抜ければいい。

「あんたも囲碁ができたのかい」

おばあちゃんとお客様が和室の応接間に入る気配がした。

「いえ。僕は囲碁を打てません。今日は、大事なお話があっておうかがいしました」

聞き慣れた、配達員さんの声。

お客様とは、タエさんの旦那《だんな》さんだったのだ。

囲碁でないのなら、いったい、おばあちゃんに何の話があるのだろう。

タエさんに何かあったのだろうか。

あたしはふすま越しに聞き耳を立てた。

「鈴《すず》ちゃんを私たちの養子にさせてください」

鈴ちゃんとは、あたしのことだ。

「赤ん坊の世話でもさせるつもりかい」

「そんなつもりはありません。普通の女の子として育てます。あなたのしていることは、虐待です。学校にも通わせず、下働きをさせていて」

「この家の近くにあの子が通える学校がないことくらい、あんたたちだって知っているだろう」

「全寮制の学校だってあります。役所の人間を言いくるめて、表面上は学校に通わせている振りをしているなんて、それでも後見人なのですか」

「用事はそれだけかい。帰っておくれ。タエにも、今日かぎりで暇を出す」

「いいえ。まだあります。電話でお伝えした火事の件です」

鼓動が速くなった。ママとパパが死んだ火事のことだ。

「奥様も、四年前の十二月二十五日、東京に行ってますね。タエが宿を手配しています」

「だから、何だね」

「率直に言います。あなたが、火をつけたのではないですか」

「あたしはちゃんと警察から取り調べも受けている。確かに、その日はアリバイがない。だけど、あたしがやった証拠もない」

「証拠ならあります」

「電話でも同じことを言っていたが、そんなものはない」

宅配業者さんは、大きく喉《のど》を鳴らした。ジュースを飲んでいるのだ。

「鈴ちゃんの持っているクマのぬいぐるみです。タエから聞いた話では、あのぬいぐるみは、当日、旦那様が鈴ちゃんにあげたものです。鈴ちゃんは、火事の日に、誰かがあのぬいぐるみを持ち去ろうとしたと言っていたそうです。タエは、鈴ちゃんの入院中に、あのぬいぐるみの洋服を作りました。身体《からだ》に縫い付けているので、服の中は鈴ちゃんでさえも触ることはできません」

クマのぬいぐるみの本体におばあちゃんの指紋がついていたら、おばあちゃんは火事の日に東京にいたことになる。

「鈴ちゃんを引き取れないなら、私は明日、クマのぬいぐるみを調べてもらいに警察に行きます。奥様が犯人でないなら、何も出ないはずですよね」

おばあちゃんもジュースを飲んだみたいだ。気を落ち着かせたいのだろうか。

「奥様が鈴ちゃんをここに住まわせているのも、火事の件について何か思い出してしまうのを恐れているからではないですか。いくら身寄りがないとはいえ、愛人の子を引き取るなんて、正気の沙汰《さた》とは思えません」

大量の石がこぼれる音がした。

「なぜ、こっちに」

おばあちゃんの声と同時に、人が倒れる気配を感じた。

「奥様！」

タエさんの旦那さんが叫ぶ。

「誰か！　救急車！　誰か！」

あたしは、ふすまを開けた。

「鈴ちゃん！」

「あたしはおばあちゃんの孫じゃないの？　おばあちゃんは、パパの奥さんなの？」

「待って。今は、とにかく人を！」

タエさんの旦那さんはお手伝いさんたちを呼びに行った。

「おばあちゃん、どういうことなの。ねえ、おばあちゃん」

あたしは、横たわるおばあちゃんをゆすり続けた。でも、おばあちゃんは何も答えなかった。

嘔吐物《おうとぶつ》の臭《にお》いが鼻につくだけだった。

5

おばあちゃんは死んだ。

あたしは今回もお葬式に参列できなかった。おばあちゃんの司法解剖が終わってから、すぐに入院したからだ。病院のベッドの上で、あたしは警察の人から火事の真相を聞いた。

タエさんの旦那さんの言うとおり、クマのぬいぐるみの胴体からは、おばあちゃんの指紋が検出された。極度に緊張していたのか、かなり強くつかんでいたそうだ。

パパがクマのぬいぐるみを買ったのは、十二月二十五日の夜で、そのまま真っすぐママの家に行った。あたしは火事のあと、札幌の家に行くまで、おばあちゃんとは一度も会っていない。

タエさんがクマのぬいぐるみのお洋服を作ってくれたのは、あたしが東京の病院に入院していたときだ。しかも、お洋服は本体に縫い付けてあったので、糸を切って服の中に手を入れないかぎり、おばあちゃんの指紋がつくことはない。つまり、おばあちゃんがクマのぬいぐるみに触ったのは、火事の日の夜がいちばん疑わしい。

なぜ、あの日、ママとあたしの家にいたことを、おばあちゃんは黙っていたのだろうか。答は考えるまでもない。

おばあちゃんが、放火したからだ。

難しくてよく分からなかったけれど、被疑者死亡として処理すると警察の人は言っていた。

警察から話を聞いた日に、あたしは大手術を受けた。無事に成功し、麻酔から目覚めたあと、再び警察からの報告を聞いた。

おばあちゃんの死因は、すずらんの毒によるものらしい。すずらんには毒があり、活けた水を飲むと死に至ることもあるという。毒は、あたしが運んだジュースの中に入っていたそうだ。

当初、あたしがおばあちゃんを殺したと警察から疑われていた。部屋にすずらんの花を活けていたし、おばあちゃんの石を殺す計画書をワープロで書いていたからだ。

だけど、タエさんの旦那さんの証言と録音していた会話が功を奏した。おばあちゃんの反応では、毒を飲むのは宅配業者さんだったのではないかと思われた。

おばあちゃんが亡くなる前日、あたしの部屋にバラを飾りに来たことも、手がかりになった。バラを持ってきたのは口実で、実はすずらんを小さな花瓶ごと取りに来たのだ。

匂いの違いはあれ、あたしなら、部屋からすずらんの花瓶がなくなっていることに何の疑問も持たないし、そもそも気づかない。

ちなみに、冷蔵庫に入っていたミネラルウォーターから毒は検出され、不要になったすずらんの花は台所のゴミ箱から見つかったそうだ。すずらんの花には、おばあちゃんの指紋もついていたと聞いた。

でも、疑問がひとつ、残っている。

それは、なぜ、おばあちゃんが毒を飲んだのかということだ。

あたしには動機は充分にあった。おばあちゃんから冷たくされていたからだけではない。ママとパパを殺したからでもない。

おばあちゃんは、自分の死後、角膜をあたしに提供するという遺言を遺していたのだ。

たぶん、それがおばあちゃんの贖罪《しょくざい》なのだろう。

あたしはおばあちゃんの死によって、失った視覚を取り戻せた。

タエさんに赤ちゃんが生まれ、短い夏が終わり、紅葉が始まりかけた頃、あたしはやっと札幌の家に戻った。

四年間住んだのに、初めて見るおばあちゃんの家は、想像よりもずっと大きかった。離れですら、東京なら豪邸だ。

幸い、これからも札幌の家で住むことができた。身寄りはなくなってしまったけれど、タエさん夫妻と養子縁組をした。保護者と暮らすなら、あたしは児童養護施設に行かないで済む。

あたしは母屋に入り、和室の応接間に向かった。コップは片付けられていたけれど、囲碁盤と碁石のケースはそのままの状態にされていた。

おばあちゃんの座っていたはずの席に座り、ケースの蓋を開けた。

息を呑《の》んで、碁石をひとつ摑《つか》む。

その瞬間、あたしは笑い出した。

石は、黒石だった。

つるつるした手触りの黒石だった。

あたしは自分の使っていた碁石を取り出した。黒石には突起がついている。これは、色の種別が分からない盲目専用の石だと悟った。

手触りで黒石を白石だと勘違いし、ジュースを置く場所を間違えたのだ。

その結果、あたしがおばあちゃんを殺した。

もちろん、過失致死だ。あたしはまだ十歳だから、罪に問われることはない。それに、タエさんの旦那さんが殺されるのを未然に防げたのだ。誰もあたしを責めないだろう。むしろ、同情される。

ただ、願いが叶った。

あたしはおばあちゃんに勝ったのだ。

〈GAME　SET〉

負ける

瀬名秀明

瀬名秀明《せなひであき》

1968年生まれ。東北大学大学院薬学研究科（博士課程）修了。薬学博士。大学院在学中に『パラサイト・イヴ』で日本ホラー小説大賞を受賞しデビュー。98年『BRAIN VALLEY』で日本SF大賞受賞。著書に、『デカルトの密室』『第九の日』『この青い空で君をつつもう』など多数。ロボット学に関する作品も、精力的に執筆している。

1
「人工知能が永世名人に恥を搔かせた」

そんな非難が沸き立って、手のつけられない春になっていた。

大学院工学研究科の博士課程に進学した久保田《くぼた》が、所属講座の教授に呼び出されたのは第一局から半月ほど後のことだ。仙台の桜はようやく満開を迎え、教授室の窓からよく見えた。

「学会にはいまも連日、山のような抗議メールやウイルスが届いているそうだよ。かなり巧妙《こうみょう》で大規模ないやがらせだ。ウェブやSNSサービスにもかなりの誹謗中傷《ひぼうちゅうしょう》が自動投稿されている。人工知能への抗議はとことん機械でおこなえというわけだ。嵐が過ぎ去るのを待つほかないが、このまま何も改善策を講じないのでは、さすがに学会として無責任だといわれかねない」

教授も長期の海外出張から戻ったばかりで、日本の状況をまだうまく把握できずにいるらしい。東京で各所と話し合ってきたという。

「来月の第二局は予定通りおこなう。ハードもソフトもいっさい変更はしない。とくにソフトはすでに完成品として練習対局用に先方へ貸し出されているから、もう変えるわけにはいかないんだよ。ただ、来年のことがある。学会としては改善策を講じたという誠意を見せる必要があるんだ。つまり、多くの人がもっと〝人間らしい〟と思えるような手を指せる人工知能だ。少なくともそうした感性工学の重要課題に取り組むと明言する。第二局が終わった時点で、記者会見の場で発表する」

久保田は教授が〝人間らしい〟などというのを初めて聞いた。ふだんから質実剛健《しつじつごうけん》な機械工学を標榜《ひょうぼう》する教授がそんなふうにメディア寄りの言葉を使うとは、思っていた以上に学会内部の雰囲気が切迫《せっぱく》しているのかもしれない。

「すみません、ぼくが何かを担当するのでしょうか。ぼくは将棋プログラムのつくり手ではありません。アームに取り組んでいるだけです」

「わかっている。発表するのはいま話したことだけではないんだ。対局は来年もおこなう。必ずおこなう。その来年に使用するアームが《片腕》に決まった。将棋ＡＩとアームの開発の両方を、今年から学会側は全面サポートすることになったんだ。それを受けて、新規に若い学生が研究チームに数名抜擢《ばってき》される。人材育成事業の一環だね」

うまく呑《の》み込めなかった。そう説明されても自分は適任でないように思えたのだ。

「他の方と組むのでしょうか。アーム担当の先生方だけでなく、他の学生とも？」

「そういうことになる。とくに将棋ソフト担当チームの新規学生だ。聞いた話だと、まあ風変わりな男らしい。だが同世代のよしみで頼むよ。そういう交流から生まれる若手の新しい潮流も、学会側が期待することのひとつなんだ」

　自分は情報処理学会の会員ではないし、数学系の学会にも入っていない。若手の研究合宿で他の大学や研究所の人たちと知り合う機会はあるものの、将棋の数理解析をやっている学生とは話したことがない。

「その人と組むことになるのですか。ぼくも社交的とはとてもいえないのですが……。それに、ぼくは将棋がわからないのです」

「構わない。きみが将棋を指すわけじゃない。それにきみと組む学生も、たぶん指さないとの話だった」

　意外な話だった。将棋ソフトの開発に関わる人といえば、誰もが熱心な将棋ファンだと思っていたからだ。久保田は慎重に尋ねた。

「――将棋は桜井《さくらい》先生のご関心領域でした。いまのお話は、ぼくが桜井先生のご遺志を継ぐということでしょうか」

「負担をかけることになる。もちろんきみの意思を尊重したい。この件がなくてもきみは論文が書けるだろう」

「負担ではありません」

「では急な話になるが、しばらく東京へ出向してほしい。次のトーナメント開始までの半年間、向こうがきみを預かってくれる。人間に負けるロボットの腕を、きみがつくり上げてきてほしい。

きみはうちを代表してアーム担当チームに入り、ＡＩチームと連携するんだ」
教授は久保田を見据えていった。
「負けるときにはちゃんと負ける人工知能をつくるということだ。潔《いさぎよ》く投了するＡＩだよ」

慌ただしく引っ越し先のアパートを決め、久保田は早朝の新幹線で上京し、一ツ橋《ひとつばし》の研究センターへと向かった。途中の駅に停車中、手元のスマートフォンを眺めていてニュース記事が目に留まった。海外の有名メディアにまで今回の騒ぎが取り上げられたとの報道で、チェスをたしなむ伝説的な人類学者が、辛辣な憂慮《ゆうりょ》の談話を寄せていた。

《人工知能研究者は、人類の遺産ともいえる伝統あるゲーム世界をこれ以上掻き乱すべきではありません。人工知能研究者らは勝手にターゲットを定めて力ずくで勝利をもぎ取り、相手の心に楔《くさび》を打ち込むと、すぐさま興味を失って別の獲物へと移ってゆくのです。後に放《ほう》り出されるのは人々の関心から取り残されて、ひっそりと生きてゆくほかないプレイヤーたちでしょう。もはやそうしたコミュニティで人がすがるのはゲームではなく、ゲームを取り巻く人間関係となるのです。それは長期的に見てゲームの本質を人類から奪っていることになるのではないでしょうか？》

春の風が強く吹いていた。うっかりして地下鉄の出口を間違え、久保田は皇居のお堀の近くに出てしまった。もう東京は桜がほとんど散っている。それでもわずかに花びらが舗道に残って、道端でくるくると舞っていた。

研究センターは三〇階近い高層ビルのなかにある。エレベーターで上がると、カーペット敷きのまっすぐな廊下の両側には整然と部屋が並び、まるでビジネスオフィスのようだ。会議室で待っていると、時間ぎりぎりになってプロジェクトメンバーの教授たちが相次いで入ってきた。気後れしていたところへようやく同年代と思《おぼ》しき眼鏡をかけた若手がノートPCを抱えて入ってきた。彼は何もいわず座ってPCを広げた。

それが、国吉《くによし》という男との出会いだった。

会議が進んでも彼はずっとノートPCに向かっていた。久保田はプロジェクトリーダーの教授に促されて自己紹介をしたが、そのときも顔を上げなかった。彼のことが気にかかったのはキーを操る手つきが特徴的だったからだ。ブラインドタッチではなく、両手ともほとんど人差し指と中指と薬指しか使わないのに、キーは俊敏なリズムを刻んでいた。

会議では教授らの緊張したやり取りもあった。

「なぜ中盤から終盤にかけて《舵星《かじぼし》》はあんな手を指したのか。会員からもあれは一種の時限装置だったとの指摘が上がっている。相手の棋士がソフト対策の奇手を指してきたとき、こちらもあえて局面を混乱させる手筋《てすじ》を選ぶような重みづけがなされていたのではないか。国吉が残した時限装置に、受け継いだ者たちが気づかなかったのではないか」

国吉という名が教授たちの口から出てくる。今回の将棋プログラム《舵星》の開発を牽引《けんいん》した研究者だ。このセンターに所属していた人一倍学究肌の准教授で、昨年のトーナメント戦が始まる前に急逝《きゆうせい》したと聞いている。現在の《舵星》の強さはその国吉准教授による功績が大きいという。学会は准教授の死去でいっとき混乱したそうだが、遺された《舵星》をもとに急遽《きゆうきよ》チームを立て直してトーナメント戦に参加したとのことだった。

「国吉、きみは対局を見たか」

ノートPCに向かっていたその男が、亡くなった准教授と同じ名字で呼ばれた。

「見ていません」

「それでは、まず一度は見るんだ」

プロジェクトリーダーの教授は久保田にも目を向けて促す。

「きみたちふたりで見ておいてほしい」

「――質問があります」

彼が初めて割って入った。彼の声はアルトだった。

「投了するAIとは、矛盾ではないでしょうか」

「なぜだ？」

「AIには生や死の概念がないからです。人間とは違って、機械だからそもそも死に対する怖れがない。将棋とは合戦の模倣《もほう》です。相手の王の首を獲《と》ること、それが将棋の勝ち負けとなります。最後に相手の王将は首を獲られて死ぬ。相手が死んでゲームは終わる」

教授は怪訝《けげん》な顔をするが、彼は構わず発言を続ける。

「サッカー。野球。バスケットボール。テニス。どれも将棋とは違って、相手のプレイヤーが死に至るわけではありません。ときに圧倒的な点差はつくかもしれませんが、そうしたデザインのゲームでは原理的に、どこまでも永遠にゲームを続行できます。しかし死の概念が籠《こ》められたゲームは違う。相手の首を討ち取った時点で終わりです。人はふだん生きていて、死の概念を持っているからこそ、無様な死を晒《さら》したくないと願うのではないでしょうか。王の首が刎《は》ねられる前に〝負けました〟と頭を下げて降伏することで、私たちは王と自らの隊の尊厳を護《まも》ることができます。それが将棋における投了の意味だと考えます。投了とは死を知る生きた人間だからこその行為であって、ならば死の概念を持たないＡＩは、どこまでも投了しないのが自然ではありませんか。それでも投了するＡＩを、先生方はおつくりになるというのですか」

会議が終わって、久保田は国吉というその男に声をかけようとしたが、すぐに出て行ってしまってきっかけがつかめなかった。仙台へと戻る前に次期アーム担当チームの准教授に案内されて《片腕》と再会した。久保田よりもひと足先にこちらへ移ってきていたのだ。

このセンターには小規模ながらも人工現実感や拡張現実感の研究用スタジオがある。《片腕》

はその隣の、さらに小さな実験室に置かれていた。まだ運搬時の木枠が台座に塡《は》め込まれたままだった。

久保田は二年前、大学院の修士課程に進学して、この《片腕》の初期型と巡り会ったのだ。まだ二〇代後半だった桜井助教が新しいロボットアームの可能性を追究し、このセンターと共同開発を進めていた。そこに大学院生として飛び込んだのが久保田だった。

段ボール箱から将棋盤と駒《こま》を取り出す。研究費で購入できる備品は限られている。盤は厚い榧《かや》の足つきのものではないし、駒も文字の部分が盛り上がった高級品ではない。ふだんの研究では板盤の下に工作台をあてがって高さを調節していた。それでも一本脚の桂《かつら》の駒台は入手していたから、脇に据《す》えれば格好がつく。

台座の高さを調節してプログラムを起《た》ち上げると、以前と変わらないしなやかさでアームは動作し、待機姿勢を取った。

久保田が並べた駒のもとへ、五指を備えた手が進む。その動きは独特だ。アームは人間の腕の機構を模しているが、それは右腕でもなければ左腕でもない。五本の指も非対称ではない。それでもわずかな傾斜や動きのニュアンスで、右利きと左利きの差をつくり出す。

五本の指先も人間のかたちそのままではない。本来の母指である第一指と、小指に相当する第五指はどちらも同じかたちで、つまり《片腕》は右腕にも左腕にもなれる。ユニークなのはこの手がヴィジョンセンサを使わないことだ。

盤面と駒の座標は対局が始まる前に一度だけ赤外線センサで確認するが、その後はいっさい〝見る〟ことがない。今年の対局に採用されている他大学製のアームがそうだが、通常は先端部に小型カメラを装備するものだ。駒の把持も左右から挟み込むグリッパーによっておこない、その機構自体をモータで反転させることで〝成駒《なりごま》〟を実現させる。医療用ロボットの改良型だ。

しかしこの《片腕》は、人間と同じように指先で盤上の駒を捉《とら》える。中央の三本の指で駒を取り上げ、第一指の先端を駒裏に添える。振り上げながら裏面の支えを第二指へと変更し、手首のスナップを利かせて振り下ろす際、第二指のフォローを素早く抜き去る。

ぱちん、と小気味よい音が室内に弾《はじ》ける。駒はまっすぐマス目に収まり、すっ、と《片腕》は手を引いてゆく。

この《片腕》は画像で盤面を捉えることはいっさいない。代わりのセンサは人間の手の母指球と小指球に当たる二ヵ所に埋め込まれたステレオマイクだ。駒が盤と接触する音によって対局の進展がわかる。ぱちんと駒が盤を弾く音、さっと表面を擦る音、ことりと駒の端が盤に接する余韻、《片腕》はそれらすべての音を聞き取り、音が生じた場所を正確に推測するのだった。盤上に音が響くたび《片腕》は座標を微調整する。その読み込みは四〇の駒が盤上に並べられるその瞬間から始まる。もし相手が上位者なら、初めに駒を配置する際、５一のマス目に王将が置かれることだろう。その最初の音から《片腕》は座標を知るのだ。そして自らの玉《ぎょく》を正確に自らのマス目に置き、初形《しょけい》を完成させてゆく。

実戦で将棋を指すのは人工知能だ。どの駒をどこへ動かすか、それを決めるのはいわばコンピュータのプログラムだ。しかし実際の対局は棋士とアームが将棋盤を挟み、実体のある駒を動かして進行する。

数年前から人工知能と棋士との対局の場には積極的にロボットアームが導入されてきていた。これまでも対局中の駆動音を極力抑えるなど、さまざまな技術導入が図られていた。産業用や医療用のロボットにも似たアームが小さな駒を操るさまは、いかにも機械が器用に駒を動かしている印象を人々に与える。それでもぱちんと音を立てて駒を指す手つきを実現できるフィジカルデバイスは、世界でいま久保田の目の前にあるこの一体しかない。

まだつくり込める。もっと人間らしい手つきで指せるはずだ。最初に《片腕》の開発を起ち上げた桜井助教は、亡くなる直前までそう語っていた。

「このアームで、人工知能は負けるんだよ」

これまでも桜井助教と共同開発を担ってきた准教授は、《片腕》の動きを見つめていった。

「この動きのニュアンスひとつで、世間は納得か反発か、いずれにせよどちらかに振り切れるだろう。人は印象で物事を判断するものだ。理事たちの目標は間違ってはいないよ」

「今日の会議に出ていた大学院生ですが……」

「国吉か。《舵星》の基本設計をやった国吉准教授の弟なんだ。先月まで環境模倣のようなテーマをやっていて、このプロジェクトとは無関係なチームにいたんだがね。そこでシミュレーションコードを開発していた。もちろん懸案の投了だけでなくて、《舵星》をより強くするための戦力として入ってもらったわけだが——今回の抜擢が吉と出るか凶と出るかはわからない。あいつは切れるやつだが、たぶん将棋はできない。いや、違うな。できないのではなくて、やらないのだと思う」

「やらない、ですか」

「三人きょうだいのなかであいつだけが将棋をやらなかったそうだ。弟に引き継がせるというのは、なかなか難しいものだと思うよ」

会議での彼の発言が奇妙に心に残っていた。いままであのようなことは一度も考えたことがなかったのだ。

「変人だが、兄の准教授のような学者らしい変人とはちょっと違う。周囲にはいっさい打ち解けない——ああ、それも違うな。亡くなったお兄さんの面影としか、打ち解けない」

准教授は肩をすくめる素振りをして、会話の行方を変えようと試みた。

「きみは国吉香里《かおり》女流二段のデータを取るのか？　この前の対局で読み上げ係をやっていたね」

「桜井先生からその件を託《ことづ》かっていました」

准教授は再び考え込み、ここだけの話だといったふうに告げた。

「あまり知っている者はいないし、われわれもことさらに気遣うつもりはない。だが、国吉女流は、あいつの姉だ」

2

「国吉くんは、いますか」

「いや、今日は見ていないな」

同世代なのだから〝くん〟をつけてみたが、実際に言葉にするとしっくりこない。いくつかラボを回ったが姿はなく、久保田は引っ越しを終えて研究センターに正式に出向した初日、ひとり小会議室で大型液晶モニタに向かうことにした。視聴するのは問題の第一局の中継録画だ。

将棋の対局は長時間に及ぶ。最初から最後まですべてを観戦するのは初めてのことだ。駒の動かし方は知っているが子どものころに遊んだ程度で、振《ふ》り飛車《びしゃ》や矢倉《やぐら》囲《がこ》いさえよくわかってはいない。

中継は古寺に設けられた特別対局室と、離れた場所の解説室を交互に切り替えながら進行していた。特別対局室では盤を挟んで棋士とロボットアームが向かい合い、アームの後方にはコンソールが設置され、学会側が指名した他大学の准教授が控えていた。今期のアーム担当のサブリーダーだが、この対局で図らずも見せてしまった振る舞いが火種《ひだね》をつくってしまったことで自粛《じしゆく》し、いまはメディアの取材もシャットアウトしているらしい。

盤の奥には長机が据えられ、立会人と記録係らが控えている。その左の隅にただひとりの女性、国吉女流二段がいた。頬《ほお》から肩と胸へかけての柔らかで丸みを帯びた線が目に入る。しかし伸びたその背筋と盤面を見据える眼差《まなざ》しが、まっすぐで誠実な印象を与える。読み上げる声にもその特徴が宿っていた。耳にすっと入ってきて、こちらの心に余韻を残す。

と、そのとき不意に会議室の扉が開き、国吉が姿を見せた。到着して荷物を置いてすぐにやって来たかのようだ。何もいわずに久保田の横に座り、画面を見つめる。

久保田は横顔を窺《うかが》ったが、国吉女流が映し出されても彼は表情を変えなかった。少しばかり目が充血しているように見える。

「早送りは、しないのか」

一度だけ、彼は画面を見つめたままいった。

「いや、早送りはしない」

「なるほど」

彼は頷《うなず》くと、その後はひと言も発しなかった。

久保田は彼の心の内を察することができなかった。どれほど彼が将棋の世界を知っているのかもわからない。彼が指さないというのは本当だろうか。読み上げの声にも反応を見せない。

画面に閉じ込められたのと同じだけの時間が、部屋のなかを過ぎてゆく。アームはほとんど即座に次の手を指すが、相手の棋士は時間を自分の身のなかに取り込むようにして考えてゆく。

〝いま〟というこのときが人類の歴史上どのような位置にあるのか、久保田にはうまく想像できずにいた。このごろは昨日と今日の間にさえ人工知能に対する人々の関心が変化しているように思える。それほど社会が動いていると感じ始めたのは、いったいいつからのことだろう。それがいっときの錯覚に過ぎないのか、それともずっと続くうねりであるのかさえ、久保田はわからないままだった。

棋士と人工知能の試合は二年前にルールが整理され、団体戦ではなく一対一のかたちとして生まれ変わっていた。どちらもトーナメント戦を勝ち抜いたトップ同士が出場し、四月と五月の二回にわたって対局をおこなう。初年度は棋士側がストレートで二回戦とも敗れた。しかし次期トーナメント戦では積極的な雰囲気が高まったのか、何名もの著名棋士がエントリーを表明し、将棋ファンのみならず多くの人が期待を寄せた。一方の将棋ソフト側のトーナメント戦でも、それまで個人開発ソフトが優位を保ってきたところへ、設立三〇周年を掲げる人工知能学会が共同開発ソフトを送り込んで注目を集めた。

学会は以前から将棋ＡＩに関心を示し、粘り強く将棋連盟に働きかけて特別対局を実現させてきた。しかし学会主導で開発チームを組み、大々的に学会の名を掲げてトーナメントに出場したのは初めてのことだ。《舵星》と名づけられたＡＩはそれまで圧倒的な強さを誇っていた既存ソフトに勝利を収め、棋士との対局への切符を手に入れた。一方、棋士のトーナメント戦では白熱した試合が繰り広げられ、日本人の誰もが知る永世名人が王座を勝ち取った。

「やるなら頂上決戦だ。最強の棋士と最強のソフトが何の制約もなしに一騎打ちをする。そうでなければ勝負の意味がない」

二〇世紀末にチェスの世界チャンピオンが人工知能に敗れて以来、次の目標は将棋だと、多くの識者が唱えていたことは久保田も知っている。これまでの十数年で人工知能は女流棋士に勝利し、将棋連盟会長の永世棋聖を退け、若手相手のトーナメント戦で二度も勝ち越しを奪った。棋士が敗れるたびに対局ルールが検討され、組み直された。

今回こそ正真正銘の頂上決戦が実現すると、対局前から世間の熱気が沸騰していたことは間違いない。人工知能ブームは数年前から続いていたが、これほど人工知能学会が注目を集めたことはなかった。開発チームは学会長とともに興奮の面持ちで記者会見に臨《のぞ》み、学会事務局も全力で広報に当たった。さすがに煽《あお》りすぎだと苦言を呈《てい》する会員もいたようだが、それでも学会側がこの気運を逃すつもりはなかったはずだ。

かつて人工知能は実を伴わないと何度も世間から失望されてきた。しかし今回のブームは以前と違って実績も開花しており、産業界も政界も具体的に動いている。ある研究者は久保田も学生スタッフとして参加した一般向けシンポジウムの席で次のようにコメントした。一部の人たちは人工知能などまたすぐに廃れるといっているが、歴史を振り返ってみるといい。いまは三度目のＡＩブームだ。かつてナノテクノロジーのブームなどといわれたが、ナノテクはまだ一回目のブームが終わっただけではないか。三回くらいブームになって初めてブームは本物になるのだ。今回のＡＩブームは廃れることはない。

人工知能は人間を超えるか。いつか人の仕事を奪うだろうか。久保田が大学院修士課程に進むころから、世間ではそんな話題が溢《あふ》れていた。そしていま史上最高の棋士と最強の人工知能の一騎打ちがおこなわれるのだから、あたかも人類のプライドを賭《か》けた決戦であるかのように報じられるのもわかる。学会側でさえそうした世間の過熱ぶりを容認し、むしろ積極的に乗ろうとしていた。《舵星》の開発チームメンバーは対局会場の古寺へと馳《は》せ参じ、来たるべき歓喜の瞬間を待ち構えていたはずだ。

番組内の解説者らの会話は久保田にとって難しかったが、ついて行こうと努めた。序盤から対局は混戦となった。ソフト側の先手だったが、名人が続いて銀を突き、定跡《じょうせき》から逸脱する展開となった。解説者たちは何度も戸惑いや驚きの声を上げた。ふだんの名人とは異なる妙手が繰り出されていると指摘していた。人工知能との対局では人間側が不利にならないよう、事前にソフトが貸し出されるルールになっている。解説者たちは名人がソフトを研究してきたのだと驚きの表情で語った。名人はそれまで将棋ソフトと棋界の将来についてコメントを控えていることで知られ、ふだんどのようなソフトを研究に用いるのかさえ公表していなかったという。その名人がコンピュータのクセを研究し、初めてその対策を打ち出しているというのだった。

画面の隅に表示された評価値が何度も揺れるのがわかる。どちらが優勢かをコンピュータがリアルタイム解析で示す指標だ。近年はそうした数値が画面に出るので、観戦者の方が対局している当事者らよりも早く形勢判断できてしまうことがある。その是非には議論もあるが、すでに中継スタイルとして定着しつつある。

国吉が席を立った。やって来たときと同じように、彼は不意に黙って出て行ってしまった。初日の対局の録画が終わるまで、国吉は戻ってこなかった。

対局は日を跨《また》いでおこなわれる。久保田も翌日まで続けて録画と向き合ったが、国吉はその後姿を見せなかった。

対局は二日目が始まってすぐに大きな波乱を迎える。《舵星》が猛然と敵陣に攻撃を始めたのだ。

コンピュータ側がいきなり相手の王を追い詰め始めたことで、久保田もこの試合が異常であったのだと改めて知った。名人が駒を逃がすと、また次の一手でコンピュータ側が追う。まるで初心者のような指し手の連続だ、コンピュータが盤面を荒らしているようにしか見えないと解説者が狼狽《うろた》える。対局室の映像の角度が何度も切り替わり、アームの後方に控えているサブリーダーの姿も映る。わずかに青ざめているのがわかる。

対局はすべて人工知能の自律的判断で進めるとあらかじめ合意されており、バグが発覚しない限り人間がコマンド送信や投了宣言をしない取り決めになっている。サブリーダーは目の前で《舵星》が暴れているのに抑えることができない。

しかし人々があっと驚きの声を上げたのは、ようやく無計画な猛追《もうつい》をやめたと思われた局面から、コンピュータ側が鮮やかな〝詰めろ〟の状態をつくり上げたときのことだった。それは意表を衝《つ》く絶妙手であったらしい。解説室も混乱している。ただひとり対局している名人が、顔色を変えることなく盤を見つめている。まるで彼だけがこのような局面になることを、見通していたかのようだった。

ならばその〝詰めろ〟が逃げられるものであることも名人はわかっていたはずだ。名人は時間をかけてそれを受けた。——解説者は丹念に経緯を辿《たど》り、ようやくそのように説明し始める。一方でコンピュータ側は相手が逃げ切れることも計算できたはずだ、これではあたかもこの局面を披露するためだけに、ソフトが時間を浪費して名人を弄《もてあそ》んだかのように見える、といった。

サブリーダーが辛《つら》そうに大きくかぶりを振った。後に問題となり、何度も報道で引用された仕草だ。准教授の心の呻《うめ》きが聞こえてくる。研究者は研究のプロかもしれない。しかし人に見られることについてはアマチュアだった。

そして専門家であるはずの人間が公の場で動揺を見せたとき、世間は激しく動揺する。

名人はその後、じりじりと勝負を自分のもとへと引き寄せ、勝利した。終盤の《舵星》はいかにもコンピュータらしい精密な読みを発揮したが、名人は粘り強く寄せていった。詰んだとわかってからも《舵星》は無意味な駒のやり取りを愚直に続けた。実際に名人が玉を取り上げるまで、とぼけたように応対した。アームの後方でサブリーダーの准教授は、痛々しく肩を震わせ、カメラから顔を背けていた。

人間が人工知能に一勝を果たした。そこに爽快感《そうかいかん》は何もなかった。

中継終了間際に、読み上げ係の国吉女流二段の手先が見えた。久保田は思わず立ち上がって画面を見つめた。

その手と指は、確かに姉弟《きょうだい》のものだと思った。


国吉香里女流二段はひとりで電車を乗り継いで研究センターにやって来た。スタジオで彼女は黒いスーツを纏《まと》い、将棋盤の前に正座した。

「こんな格好で指すのは初めてです」

そういって彼女は微笑《ほほえ》む。教授たちは体形がはっきりと出てしまうスーツの着用にかえって恐縮したのか、気を遣うかのように席を外したため、測定作業はほとんど久保田と若手の数名で進めることになった。久保田は横のデスクでPCを操作しながら、モニタ越しに彼女の手つきを見守った。

盤面に置いた歩の一枚を取り上げ、前へと突く。駒台に置かれている金将や銀将を敵陣に打ち込む。動かす先のマス目を変えて、それぞれのデータを取得する。彼女は駒が盤面に接する直前、自分の薬指をわずかに離す。その指先は彼女の背筋と同じようにまっすぐ伸びる。最後に駒の脇に添えられるのは人差し指で、駒の裏側から素早く抜き取られて移動する。

彼女の嵌《は》めているグローブはやはり久保田の研究室がセンターと共同開発したもので、全面にわたって微細な触覚センサが編み込まれている。センサはどの瞬間に指のどの位置が駒と接触しているかを伝えるだけでなく、指先から腕に至るまで張り巡らされたそれぞれの筋肉がどのように緊張し、解放されてゆくのか、その経時変化も計測できる。

これまで男性のプロやアマチュアの協力を得てデータを取得してきたが、棋士にはそれぞれ個性があった。指の長さや太さ、振り下ろす角度と速度、もちろんそうした違いはあるが、ひとりの棋士でも扱う駒によって、あるいは指す位置や局面によって、手先のニュアンスは変化することがわかった。そのニュアンスは手から腕、肩から胸へかけての筋肉や骨格の動きと連動する。ふだんの対局時には衣服で覆われて目立たないが、実際はぱちんと盤上で駒が音を立てるまで、多くの動きのモジュールが起ち現れては過ぎ去っていっているのだということがわかる。

将棋は〝指す〟、囲碁は〝打つ〟という。将棋はもともと盤上にある駒を動かすのだから〝指す〟、囲碁は新たに石を打ち込むのだから〝打つ〟のだと、そんな説明を久保田はアームの開発に携わるようになって桜井助教に紹介された本で初めて読み、なるほどと感心した。確かに、将棋でも相手から取った持ち駒を新しく盤上に投入するときは〝打つ〟という。

そして将棋でも〝指す〟と〝打つ〟では駒を取り上げる動きだけでなく、肩から指先にかけての緊張が変化するという発見を、桜井助教は初めて論文にしていた。

「すべての駒を並べていいですか。ただ指すのと全体を見て指すのでは違うような気がします」

彼女がそういい出した。初形からいくつかの初手を指したが、途中で考え込むと駒を実際の局面へと組み替えていった。久保田は後で気がついたのだが、それは前週におこなわれた名人対

《舵星》の第二局の終盤だった。彼女は盤を注視していた。

その第二局でも彼女は読み上げを担当していた。対局は終始人工知能側の優勢で進み、名人を降《くだ》して終わった。あれほど世間は混乱していたはずなのに、対局後はまるで潮《しお》が引くかのように、騒ぎは急速に収まったように見えた。それがいったん引き潮になった光景に過ぎず、いずれ再び潮はやって来るのか、それとも本当に海が鎮《しず》まってしまったしるしなのか、久保田には見当がつかなかった。

彼女は盤を見つめ、実戦で名人が指したものとは異なる駒を指した。

「待ってください。《片腕》を使いますか。すぐにセッティングして対局できます」

「いいえ。私たちはむやみに人工知能と対局するわけにはいきません」

慌てて久保田は声をかけたが、彼女は穏やかにそう応じ、駒をもとに戻した。

「最後まで進めます」

そういって何事もなかったかのように第二局の再現を進めてゆく。一瞬、勝負の世界が起ち現れた気がして、久保田はしばらく緊張が解けなかった。

国吉の居場所はわからない。この測定にも姿を見せない。日中に姿を見せることがほとんどなくなった、ときに何日も無断で休むようになったと、ＡＩチームの教授たちから聞いていた。それでもふらりと夜になって現れると、凄《すさ》まじい集中力で仕事を進めて帰ってゆくという。工学の研究者はみな多かれ少なかれ自由人のような生活をするものだが、国吉はさすがに度が過ぎているように見える。

ようやく一連の計測が終わり、国吉女流の顔にも柔らかさが戻る。

「アームを見せていただけませんか」

「もちろんです」

久保田は隣の実験室へと案内した。

「この腕が真似《まね》をするのですね」

「すぐに動かせます。見ていてください」

久保田はいま取得したばかりのデータを呼び出した。詳しい解析はこれから時間をかけておこなうが、生データであってもそこから簡易的に特徴を抽出《ちゅうしゅつ》してすぐさまアームの機構に置き換えるのは難しいことではない。これも人工知能の成果のひとつだ。久保田は台の上に将棋盤と駒をセットし、赤外線センサで座標を決定させてコマンドを送った。

彼女は《片腕》の動きを見つめた。

「ふしぎな感じがします。自分がこんなふうに指しているなんて」

「皆さんそうおっしゃいます。自分なのに自分じゃない、自分じゃないのに自分だとおっしゃる方もいます。役者さんが真似して演技をしているのとも違うといいます」

「ロボットが普及すれば、そんな感覚にも慣れるようになりますか？」

「どうでしょうか。そうかもしれません」

「久保田さんはこの腕をつくることで、何を〝見たい〟と思いますか」

「見る、ですか？」

「人工知能が東大受験を目指すというプロジェクトがありましたね。昨年、東大は断念したという報道を見ました。でもあのときプロジェクトリーダーの先生が、こんなふうにおっしゃっていたのを憶《おぼ》えています」

もちろんその女性研究者とはこの研究センターに所属する数学者の教授だった。今回の《舵星》共同開発には携わっていないが、東大受験の経緯については一般の人からも驚きと戸惑いの声があったことを聞いていた。人工知能で何でもできるといったような積極的なムードが世間に広がるなか、研究の現場がそれにブレーキをかけたかのように思われたからだ。

そして彼女は棋譜《きふ》を読み上げるときの声で唱えた。これも後で知ったのだが、その言葉は教授が当時ウェブで呟いた文言ほぼそのままだった。まるでそれは詩のように聞こえた。

——〝「二〇二一年に東大に合格しますか？」ばかり何度も繰り返されてうんざりしているとき、研究者のひとりはこういったのでした。「それがわかっていたら研究ではありません。単なる作業です」

同世代を生きる研究者たちが、まるで対岸の火事を見るかのように「で、どうだったの？」としか聞く気がないのであれば、それは研究者として大変に残念だ。

私が見たかったのは、風景だった、と思う。雑音が消えた後にクリアに見える風景だ。研究者はみんなそうだろう。そして、風景は「伝聞」では見えない。自分の目で見るものだ。〟

「――あのプロジェクトは、あそこであのように発表する必要はなかった、という研究者も多いです」

久保田はそう答えてから後悔した。自分はこの人の問いに正面から答えることができていない。彼女は大切なことをいま提示したのに、自分は研究者の卵として何も有益な見解を返せていない。自分の言葉で本当に応じられるようになること。それが研究者になるということではないのか。

「いつか《片腕》と対局していただきたいです」

「そうですね。機会があれば、いつか」

焦燥《しょうそう》が募《つの》り、久保田は思わず尋ねていた。

「仙台にいらっしゃったことがありますね」

「はい。この腕ができる最初のときに、アドバイザーとして伺いました。あのころはいまよりももっと大きくて、音もガアガアといっていましたね」

「あのとき、プレハブの実験室を案内させていただいたのはぼくです。ぼくは大学院の修士課程に入ったばかりで、あれから《片腕》はぼくの第一の研究課題になりました。あのとき計測させていただいたデータを解析したのはぼくです」

「――桜井先生を紹介してくれたのは兄でした」

国吉女流はふっと遠くを見るような眼差しになった。

「時間というのは目に見えないけれど、この腕と同じように重みがある。――そう思うことがいまもあります。もう兄も桜井先生もいないのだから」

彼女がどのようにして自分の指導教員と知り合ったのか、少しでも事実を聞きたかった。いまはもうこの世にいない指導教員が、自分を研究者の卵へと掬《すく》い上げてくれた。ロボットアームが自分の研究テーマと定まったのも、すべて桜井助教と出会ったからだ。

誰にとっても研究者への道とはそのようなものだ。一期一会で道筋が決まる。将棋の実戦についてほとんど何も知らない自分が、大勢の将棋愛好家を飛び越えてこうして女流棋士とふたり並んでいることは、奇跡のようなことに思える。

「久保田さんは、どんな盤ゲームがお好きですか」

彼女は不意に話題を変えた。久保田は咄嗟《とっさ》に答えた。

「そうですね、オセロぐらいなら」

「では、今度いっしょにオセロをやりませんか」

何をいわれたのか呑み込めないまま久保田が立っていると、彼女は《片腕》を見つめ、また話題の方向を変えた。

「この腕は、左も右もないのですね」

そして壁の時計を見上げていった。

「まだ少し時間は大丈夫です。左手で指してみましょうか。見てください。私は、本当は、両利きなんです」

3

季節は初夏を過ぎて梅雨の時期へと進んでいった。久保田は毎日電車で研究室まで通った。雑誌やビジネス書の宣伝が目に入る。世間が向こうから飛び込んでくる。人工知能を取り上げる読みものは、洪水のように溢れて見えた。あるとき人工知能が書いたと謳《うた》う短編小説が吊《つ》り広告に登場し、それを混雑した車内でサラリーマンが黙って見上げるさまは、空想科学映画の一場面のように思えた。

雨の降り続く週末に、久保田は南新宿で国吉女流二段と待ち合わせた。メールを送るのに何度も久保田は躊躇《ため》った。研究や仕事とは無関係な時間を、本当に過ごせるとは思わなかった。

専門誌の表紙を飾るほどの著名人であるはずなのに、彼女は周りの視線を気にしようとしない。テラスが見下ろせる喫茶店で、彼女が持参したタブレットPCを挟んで座った。久保田は小学生以来と思えるほど久しぶりにオセロ――リバーシに接した。ふたりで小さな声でじゃんけんをする。彼女はゲームを始める前に液晶画面を指差して久保田に尋ねた。

「最初の石の置き方は知っている？」

「いえ、知りません」

「私が先手なら私が黒。石は右上と左下に黒を置く。盤面上は対称でも、左右の違いがここにもある」

一度目は互いに無言で、二度目は彼女のアドバイスを受けながら、三度目はゲームの行く先を想像しようと努めながら、久保田は懸命についていった。彼女は将棋のときと同じまっすぐな視線で盤を見つめる。彼女は自分のラテが冷めることを気にしなかった。

「仙台に行ったあの日、桜井先生が駅まで送ってくれたの。途中で先生は熱心にオセロのことを話してくれた。けれども車が駅に着いて、講義は最後の結論まで聴けずじまいだった」

彼女は画面をリセットして新しい盤面を呼び出す。

「オセロは人間の心理の本質を衝いたゲームだと、あのとき桜井先生は教えてくれた。これは陣地取りのゲームでしょう。『早く陣地を広げたい』という人間の本性が、ゲームの勝敗の鍵《かぎ》を握る。オセロを遊び始めたばかりの人は、とにかく一手ごとに自分の石の色を増やそうとする。けれどもそれでは勝てないの。いかに人間の本性を抑えて、中盤まで自分の石の色を増やさずに待つか。人間の直感と正反対の戦略を立てなくては、決してオセロで勝つことはできない」

彼女は指先で久保田が打った手筋を示して語った。

「そこに人間とコンピュータの違いがある。久保田くん、見て、オセロの盤面は有限なの。ゲームが進めば必ず石は盤面の縁や隅に行き着く。いま久保田くんは私の石を囲むように、ドーナツのようなかたちで陣地を広げているでしょう。これだといつか私の石が縁や隅に辿り着いたら、いっぺんで陣地を取られてしまう。久保田くんは自分で打っているようでいて、実は相手に打たされている。自分の頭で考えているようでも、本当は人間の本性に打たされているの」

久保田さんから久保田くんへと呼び方が変わっていた。久保田はそのゲームも大差で負けたが、彼女が画面をリセットするとき、もう一度やりたいと思い始めている自分に気づいた。彼女のアドバイスを心のなかで反芻《はんすう》する。自分の身に纏わりついているかりそめの〝人間らしさ〟を、何とか丁寧にそぎ落としたい。いったん自分は機械になるのだ。陣地を広げたいと刹那《せつな》的に願う本性を抑えて、ゲームの本質を見極めようと努める。

対局中、彼女が盤面を示す指先が印象的だった。画面に触れはしないが指の先は石を捉えている。研究センターで測定しながらずっとその指先を追っていたことを思い出す。あのとき彼女がなぜ左手でも指そうと提案したのか、まだ久保田にはその真意がわからずにいた。《片腕》は確かに右腕にも左腕にもなれる。だがそのために左のデータサンプルを示しただけとは思えない。まだ詳しい解析ができていないが、右と左では何かが違うと感じていたから彼女はあのように提案したのではないか。

さらに一局終わって負けたとき、彼女がふと顔を上げ、雨に濡《ぬ》れる窓を指差した。釣られてそちらに目を向けると彼女が呟《つぶや》いた。

「チンパンジーは指差しをしないんだって、あのころ桜井先生は教えてくれたの」

いきなりいわれても何のことかわからない。戸惑っていると彼女はそっと笑った。

「指差しというのは指の向きとその先にあるものを心のなかで結びつけることであって、私たち人間が相手の指差す方向を見ることができるのは、チンパンジーにはない他者の心を読む能力のためだって、桜井先生は話していた。先生が話すとチンパンジーのことでも将棋と関係があるように思えた」

どのように答えればよいのかわからなかったが、自分もいつかそのような知識を自分の研究分野に繋《つな》げられるようになれたらと思った。すると彼女はこちらの心の動きを見たかのようにいった。

「久保田くんは、ちゃんと人が示す先を見ている。そこがいいと、私は思う」

「ありがとうございます」

さらに何度か対戦して、彼女が頷きの合図を送ってくるようになったことに勇気づけられた。それでもまだとうてい勝つことはできない。強さの意味が少しずつ身に沁《し》みてくる。しかしその沁み入ってゆく先にある自分の芯《しん》に、自分の本当の人間らしさがあると思いたかった。

「もう一度お願いします」

彼女は顔を上げて微笑み、そして初めて窓へと目を向けた。すでに店内には夕方の翳《かげ》りが広がり、橙《だいだい》色の照明が点《つ》いていた。

「その気持ちを包んだまま終わるのがいちばん。ごめんなさい、今日はもう行かないと。最後に教えてください。オセロはいま人工知能でどこまで解明されていますか」

彼女の口調に再び距離感が出る。だが、久保田の頭はまだ熱くなっていた。この火照りは自分が機械として運動した結果かもしれない。自分がもっと本当の人間になれたなら、この機械のような発熱はもっと自然になるのかもしれない。

「後手必勝だと聞いたことはあります。完全解明には至っていないかもしれませんが、序盤、中盤、終盤、それぞれは充分に解析されていると思います」

「解明されてから、オセロというゲームは変わった？」

「いえ、わかりません」

「他の盤ゲームはどうでしょうか」

「すみません。勉強不足です。チェスはいまも変わらずに大会がおこなわれているのではないですか。オセロもそうだと思います」

「百年後も変わらないと思いますか」

「それは……」

やはり久保田は言葉が出てこなかった。百年後、という時間の長さが、自分には想像できなかったからだ。

「もし何かわかったら、教えてください」

「はい」

「もうひとつ、お願いがあります」

彼女は久保田を見つめていった。

「あの子と対戦してみてください。あの子はいま自分の身体《からだ》を通して、負けることを考えようとしています。どうかあの子の相手になってもらえませんか。研究者のあの子には、研究者の相手が必要なのです」


いままでは世間の方が速く動いていた。いまは自分が動き始めている。

久保田はその週末から論文の執筆作業を再開した。桜井助教が亡くなって滞《とどこお》っていたものをかたちにしておく必要がある。今後の《片腕》の可能性を拓《ひら》くためには避けて通れない仕事だった。

人間の左腕と右腕それぞれの構造を手がかりにして、左右対称であるアームに仮想的な非対称性を導入し、人間らしいニュアンスの実装と全体の省力化を図る。その先に見えるものは何か。産業用や医療用のアームは従来から左腕と右腕の区別なく使われてきたが、人間の動きをより精《せい》緻《ち》に観察することで、もっと機械は緊張や解放を豊かに使いこなせるかもしれない。

将棋の駒を扱うような、繊細でしかも生活空間に入り込んだ場面では、それはロボットアームの大きな可能性となり得る。将棋が指せるなら囲碁の石も、オセロの石も、それ以外のものも同等に扱えるだろう。久保田は初心に戻った気持ちで研究計画書も推敲《すいこう》して教授らに提出した。地下鉄の列車と同じ速さで、自分の心も動いてゆけばいいのだと思った。

「国吉くんはいますか」

「まだ見ていないな」

「夜にまた来ます」

国吉の所属フロアへ降りては上がることを繰り返した。三日経《た》ってようやく彼をつかまえたとき、しかし久保田は何といって切り出せばよいのか咄嗟にわからず、言葉がつかえた。だから彼を《片腕》の実験室へと連れて行った。実際に彼の前で《片腕》を操作し、自分がこれまでやってきたことを説明し、そして訴えた。

「AIチームのきみが何を目指そうとしているのか、ぼくは知りたい。何を見ようとしているのか、ぼくは知りたい。秋のトーナメント戦で世間が見るのはこの腕になる。未来まで残るのはAIが弾き出した棋譜かもしれない。けれども中継でまず観衆の目に飛び込むのはこの腕なんだ。将棋を愛しているひとりひとりの心を動かすのは棋譜かもしれないが、社会を動かすのはこの腕だからだ」

彼はいくらか以前よりやつれて見えた。

「見る、だって?」

彼がそう尋ねてきて、久保田ははっとした。自分は国吉女流が暗唱した数学の教授の言葉を、つい引用していたのだった。

自分の言葉でうまくいえないことがもどかしい。開き直って久保田は教授の言葉をそのままぶつけた。声を上げることで自分の言葉にしたかった。

「いまきみが見ている〝風景〟の向こうだ。ぼくだって地平線の先に何が見えるかなんてわかっちゃいない。けれどもきみたちと同じ方角を見ていたい」

「風景、か」

彼は《片腕》を見つめたまま呟いた。「そう……、風景なんだ、ぼくらが見たいのは」

そしてようやく、久保田に目を向けていった。

「――明日の朝は空いているか？」

きっかけをつかんだ、と久保田は思った。

その夜、久保田は国吉女流にメールを送った。個人的なことは控え、大学院生の国吉のことにも触れず、約束の案件だけを一気に綴《つづ》った。

《自分の勉強不足を少しでも解消したいと思います。バックギャモンはサイコロを振って自駒をゴールへ進める西洋双六《すごろく》で、二一世紀に入ってからはコンピュータの方が人間より確実に強くなったそうです。人間はもう敵《かな》いません。最善手もほぼ解明されていると聞きます。十年以上前にいまの将棋と同じような状況が訪れたのだと思います。

それでもバックギャモンは廃れませんでした。それは人間側がコンピュータの最善手にどれだけ近づけるかというゲームに変わったからです。すでにコンピュータに局面を入力すればベストな手がわかります。けれどもなぜそれが最善なのかは、実際のプレイヤーでなければ理解できない。人間はいかにそれを理解して、どれだけコンピュータの弾き出す〝正解〟と一致したプレイができるか。それがプレイヤーの強さの評価軸になるよう、ゲームの背景自体が変わったのだそうです。これはいま将棋界で考えられているコンピュータとの〝共存共栄〟とは違う姿ではないでしょうか。

他にもコンピュータによって変わったことがあります。サイコロの出目はランダムですから、偶然の幸運によって勝つこともあります。いまのプレイヤーはそうした偶然性の影響を極力排除した総合レーティングで戦っているそうです。コンピュータの浸透した世界観が、バックギャモンというゲームをこの十数年で変えたといえるのではないでしょうか》

翌朝、初めて久保田は差し向かいで国吉と研究課題を討論した。最初に出会った会議のときのように彼はノートPCを広げ、モニタに投影した久保田のプレゼン資料を鋭い目つきで見つめながら、ときおり大きく頷き、あるいは考え込むように頭に手をやり、そしてあのときと同じ速さでメモを打ち込んでいった。

「そのアームが駒を指すという実体のある行為は、将棋の局面に何か影響を与えると思うか」

彼はそう質問すると、いきなり自分のデータを示し始めた。棋譜そのものの分析だけでなく、その対局中の棋士の行動パターン、つまり仕草のタイミングや視線の動き、食事や休憩や思考時間の長短といった細かな要素まで取り込んだ高次の解析を見せられたとき、さすがに久保田はあっと驚きの声を上げた。あくまでこの一ヵ月でざっと調べた習作に過ぎないと彼は念押しをしたが、確かに何か直観を刺激するものが浮かび上がっているように思える。

　将棋や囲碁のような盤ゲームに身体性は必要かというテーマは昔からあり、久保田も自分でアームの研究をしているものの、その問いには答えられずにいた。これだけコンピュータ将棋が発達して、ネットで自由に対局ができるようになったいま、実際に手を動かして指すことにほとんど意味はないように思える。しかし分析を見ると棋士によっては頭のなかで、ひょっとすると実体のある駒や盤を強く思い浮かべる人と、もっとデジタルに局面を捉える人がおり、そのイメージはひとりのなかでも刻々と入れ替わりながら、しかしある種のパターンとなって〝棋風〟をつくり上げているように思える。個々人の脳のクセかもしれないが、脳もまた身体の一部だ。従来の画像認識技術ではこぼれ落ちてしまっていた何かが、そこには捉えられているように見える。〝人間らしい〟指し方の棋士と、より〝機械的〟な棋士がいる。

　彼が来年の《舵星》に組み込もうとしている知能とはこれなのだろうか。これが彼の見ようとしている〝風景〟なのか。その〝風景〟とは、このセンターの数学教授が最初にウェブ上で呟いたものと同じだろうか。

　久保田はその数学教授について新聞やウェブのニュースで見聞きしたことしか知らない。同じ建物にいるはずなのに、擦れ違う機会もないからだ。そんな教授から見れば、自分は数理科学やデータサイエンスの通常の雰囲気とは違う奇妙なはぐれ者の学生だろうか。だがそれはひょっとすると、目の前にいる国吉に対しても同じかもしれない。
そして〝風景〟という日本語は自分でも知っている。自分のような無名の学生でも、著名な教授と同じようにその言葉に意味を託すことはできるはずだ。国吉女流から聞いたとき、自分も〝風景〟を見たいと思った。それははぐれ者同士である自分と国吉を結びつける言葉かもしれない。

——夜に国吉女流から返信が届いた。まるで毎日一手ずつ互いに封筒で指し手を送り合いながら進んでゆく対局のようだ。彼女はこう書いていた。
《ありがとうございます。おっしゃるように〝共存共栄〟という言葉への想《おも》いは、いまもみんなの心のなかで揺れ続けているのだと思います》
繋がりは切れていない。久保田も彼女のペースに合わせようと思った。出向してきて自分の仕事は急速に増えていた。報告会や学会の準備もあるが、大学に残してきた後輩たちの進捗《しんちょく》状況も見る必要がある。あくまで自分も静かに、拙速にならずに伝えてゆきたいと思った。次のメールで最後にひと言を添えた。
《いつか国吉さんにとっての〝共存共栄〟をうかがいたいです》
数日後に彼女の言葉が届いた。
《バックギャモンはコンピュータによって、ゲームの世界観が変わったのですね。古くから親しまれてきたゲームが、コンピュータに負けることによって変わる。ルールはそのまま続いていても、ゲームを取り巻く人々のあり方が変わる。それは結果的にゲームそのものを変えてゆく。生きものとしてのヒトは変わらなくても、人の倫理規範が変わってゆくのと似ています。〝共存共栄〟の道筋がそこにあるように思えます》

梅雨は明け、東京に青空が広がるようになっていた。そのことに気づいたのは皇居の上に空があるとわかったからだ。地下鉄に乗っていると空を感じる機会は少ない。街を歩いても空はビルの隙間《すきま》にしか見えない。ふと仰ぐときでさえ、印象に残るのは薄く濁った大気だ。あるとき久保田は地下鉄の改札を抜けてふだんとは別の出口を上がり、陽射《ひざ》しの強さに気づいたのだった。初めて研究センターに来たとき、間違えて上がってしまった出口だった。

学会のネットワークに協力を仰ぐことで、プロ棋士やアマチュア棋士の測定データが《片腕》担当チームに集まりつつあった。学会が将棋ＡＩに取り組んでいると世間にアピールすることで少しずつ各地の将棋愛好家とも信頼関係が生まれ、各大学や研究所で仕草の測定が叶《かな》うようになってきたのだ。そこからいかに普遍と個性を抽出してゆくか。それがいまの久保田の課題だった。久保田は修士課程時代に戻ったつもりで何度も《片腕》を動かし、その姿をさまざまな角度から観察した。

そしてあるとき不意に、見えた気がした。地平線のその先が、唐突に目のなかで弾けた気がしたのだ。思わず自分の手で目の前の空間をつかんだ。いま見えたものを絶対に逃したくないと願った。

　何とかソースコードで表現できたと感じた日の夜、久保田は国吉の所属フロアへと出向いた。半袖《はんそで》のシャツを下ろした日だった。

「国吉はいますか」

「あそこだ」

　彼は自分のノートPCではなくデスクトップPCに向かっていた。右手でマウスを操りながら、もう一方の手でメモを取っている。あっ、と久保田が思ったのはそのときだった。

　彼は久保田の報告を黙って聞いた。心を動かせたかどうかわからない。彼は最後まで聞き終えるといきなりいったのだ。

「きみは、好きな盤ゲームはあるか」

「オセロなら」

　驚きながら咄嗟に答えると彼は頷いた。

「明日の夜、何局かやろう」

　五月からずっと日中どこかへ行っていた彼が、この数日で研究センターに戻り、猛然と仕事を進めていることは人づてに聞いて知っていた。いっときの刺すような目つきの鋭さはいくらか薄れていたが、それでもまだ思い詰めた感じが残っている。

翌日、初めて久保田は小会議室で彼とタブレットを挟んだ。彼も女流棋士と同じアプリを入れていたが、タッチパネルを操作してゆく彼の手つきを見てはっきりとわかった。

この男は、左利きだ。

4

「オセロは一九七〇年代に日本人が開発した。空前のヒットとなって、ぼくらの親の世代は夢中になった。ぼくの家にもオセロ盤はあった。オセロは試合がすぐに終わる。誰でもできるから正月に親戚が集まるときは人気だった」

国吉は画面のマス目に石を置きながら語り始める。

「オセロにプロのプレイヤーはいない。彼らはいまもアマチュアの大会で楽しんでいる。すでに人工知能に敵う人間はいなくても、人間同士で戦うなら楽しい。人間とはそれでよいと思うものなのだろう。だが大きな視野で見れば、オセロはゲームとして五〇年も保《も》たなかったんだと思う」

「保たなかった？」

「人工知能の台頭が歴史の必然なら、どこかでゲームは追い越される宿命にある。ゲームというのは人間の知的活動の範囲に合わせて自然とデザインされてくるものだ。盤ゲームはとくにそうだ。ぼくら人間の知能の輪郭《りんかく》を示している」

　久保田が次の石を置いたとき、国吉は顔をしかめた。そして不意に頭を掻くような仕草を見せ、振り払うようにいった。

「その手はだめだ。弱いことが人間らしさではないだろう。それはたんに判断力不足なんだ」

「すまない。もっと練習する」

「いや、そういうことじゃない……。ぼくらはいま〝人間らしさ〟などと呼ばれている薄い膜を、一枚ずつ剝《は》がしてゆくところなんだ……」

　その対局が終わり、国吉はリセットして新しい初形を起ち上げる。研究のことを直接話題にしない彼に接するのは初めてだ。彼は確かに対局をしていたが、実際は別の何かを手繰り寄せようとしているかのようだ。

「わからないんだが、保たなかった、というのは、廃れたということか？　チェスは廃れたんだろうか？　将棋や囲碁もそうなるのか？」

「廃れるかどうかと、ゲームが保つかどうかは別だ。人間は自分のコミュニティを守ろうとするものだ。そこに集う人たちの個性を尊重しようとするだろう。そこにはなるほど人間模様があるだろう。廃れずにドラマは続くかもしれない。だがそのことと、ゲームとして時間の流れにどれほど勝てるかとは別の問題だ。このオセロはその複雑さが、五〇年も保たなかった。オセロは時間に負けたんだ」

久保田は彼を見据える。いま目の前にいる男は、対局することで自分の考えを言葉にするのだ。彼の姉が伝えようとしていたことがわかった気がした。彼は言葉で棋譜を描くのだ。いま彼にとって必要なのは、適切な受け皿となり、ときに適確に打ち込んでくる相手なのかもしれない。そう思って久保田は尋ねた。

「国吉、きみは人工知能との〝共存共栄〟についてどう思う」

かつてソフトと対戦した将棋連盟の会長は、コンピュータ将棋とプロの棋士は共存共栄だと生前に語っていた。自分たちプロの棋士がコンピュータの発展にどれだけ貢献できたかということだ。人間とは違う知能が出てきたなら、自分たちプロも頑張るだろう。その姿を見て将棋ファンが喜ぶかどうかが大きいのだ、と。

「人類は、最強の男を人工知能にぶつける機会を逸してしまったのだと思う。何年か前なら、まだ人間はＡＩと見応《みごた》えのある名勝負を、ひょっとしたら残せたかもしれない。だがこの数年でチャンスは失われてしまった。ふたつの関数のグラフが交わって、また遠ざかってゆくようなものだ。もうどれだけ進んでいっても、二度と交わることはない……」

「――きみは、ひょっとして」

と、久保田は、彼の目を見ていった。

「日中どこかで対局をしていたんじゃないのか」

彼は答えない。久保田はさらに尋ねた。

「きみは将棋愛好家が集まるような場所に毎日行って、ずっと対局をしていたんじゃないのか。自分のなかにあるその〝人間らしさ〟を見極めようとして、何もしゃべることさえせずに勝ち負けを繰り返していたんじゃないのか」

「確かに日中は外に出ていた。だが対局していたわけじゃない。ぼくらが負けてゆく場所を見ていただけだ……」

久保田にはその意味がわからなかった。オセロのアマチュア大会にでも行っているということだろうか。人工知能によって解明されながら、しかしコミュニティが続いているゲームの現場を、その目で見て回っていたということだろうか。

「それできみは、人工知能が負けることの意味を見つけたのか？　前にきみは、人工知能には死の概念がないといった。死の概念を持てば人工知能もぼくたち人間と同じように投了するだろうか？　その概念をどうやって入れるつもりだ？」

「表面的には単純な話で、人工知能に〝人間らしさ〟という薄い膜を一枚被《かぶ》せればそれでいい。上の人たちもみんなそう思っているだろう。それで少なくとも来年の対局は乗り切れる。だがそれが本当に意味あることだとは思えない」

「つまり、きみはそれでは満足しないわけだろう。前に話してくれた解析よりもっと先を、きみは見ようとしているんじゃないのか」

「風景、というのは確かに大事だ。人工知能に〝風景〟が見えるかどうか、考えることがある。

兄がかつて見ようとしていたように、ぼくも見たいと思っている」

彼は前日の宣言通り、何局か終えると立ち上がって去って行った。久保田はひとり部屋に残されて、人工知能に〝風景〟が見えるかという彼の言葉を心のなかで繰り返していた。

その夜、国吉女流にメールを書いた。将棋には序盤、中盤、終盤という表現がある。相変わらず将棋のことはわからないが、局面が動いてゆくことの意味に、かすかに触れたような気がしていた。


海は鎮まったのではなく、いっとき潮が引いていただけのようだった。

囲碁で人工知能が人間に勝ち越す事態が生じ、メディアは大々的にそれを報じていた。ある会社が人工知能の導入に伴ってリストラを敢行したと発表し、往年のポップス作曲家の特徴を人工知能が学習してつくったという触れ込みのアイドル曲がヒットチャートの首位を獲得した。人々は報道があるたびにSNSやウェブのコメント欄であれこれと声を上げた。

いくつかの国家研究プロジェクトが動き出し、国公立大学の人工知能研究施設が相次いでオープンしていた。久保田も取材に協力する機会が増えつつあった。研究センターがいっそう広報活動に力を入れるようになったためだ。映像メディアや全国紙のインタビューに答えるのは教授や准教授たちだが、急ぎの取材には若手も対応に駆り出される。先方の求めに合わせて《片腕》にポーズをつけるのは久保田の仕事だった。

「将棋ＡＩに人間とは違う知能を感じて、何か恐怖を覚えることはありますか？」

社会部の記者が口にする言葉はどれもふしぎなほどよく似ていた。その日の記者も最後に朗らかな口調でいった。

「なるほど。それで結局のところ、人工知能は来年トップ棋士に勝てますか？　ＡＩは人間を支配しますか？」

——外に出ると雨だった。

いったん戻って傘を取ってきたが、雲は低く垂れ込めて、ぐんぐんと暗くなっていった。神保《じんぼう》町《ちょう》へと歩いてゆく間に土砂降りになった。雷鳴がごろごろと響き始め、やっとのことで待ち合わせの書店に駆け込んだが、傘を持っていた手もジーンズの裾《すそ》もびしょ濡れになっていた。

彼女に会うときは雨になる。彼女は先に理工学書のコーナーに着いていた。彼女もまたビニール袋に入れた傘を持ち、肩の先が濡れていた。傘のビニール袋の先端には、雨水がすでに溜まっていた。

「東京の雨は乾かないから」

そういって彼女は書棚や面陳台をうっかりと濡らさないよう気を遣っていた。

彼女のリクエストに応えて人工知能の概説書をいっしょに探した。少し見ないうちに関連書の一角はさらにごちゃごちゃとなっていて、世のなかの喧噪《けんそう》ぶりをまるで戯画化しているかのようだった。久保田はそのような書店の棚が好きではなかった。東京の書店は本が多すぎる。情報がのっぺりと均《なら》されて、かえってものが見えにくくなる。そう呟くと彼女はいった。

「前に風景の話をしたでしょう。〝私が見たかったのは、風景だった、と思う。雑音が消えた後にクリアに見える風景だ。そして、風景は『伝聞』では見えない。自分の目で見るものだ〟」

「はい」

「あの言葉はよくわかるの。私も去年まではそう思っていた」

「いまは違うのですか」

「見ようと思うこと、それも結局人間のエゴに過ぎないと、いまはそうなってしまう時代かもね。昔なら見たいと行動することは、専門家の純粋な営為だった。でもいまは専門家が行動を始めたら、本人が見極める前に世間が先に動いてしまうでしょう。雑音は見たいと願った人の前にいつも立ちはだかる。もしも雑音が消えたなら、それは見ようとしていたその人が、時代の後ろへと置いて行かれてしまったから」

その言葉にはいくらか感傷が入っているように聞こえた。久保田は女流棋士のふだんの生活というものを知らない。どのような苦しみや願いがあるのかわからない。しかし彼女は研究者のことを語りながら、自分のことを語っているようだった。

雨の日に高額の本を買って家へ持ち帰るのは勇気が要ることだ。外は雨が本降りのままで、待とうと思ってもビル内の喫茶コーナーは満席だった。

「東京にいると、ときどき遠くの景色を忘れてしまいそうになります。遠くが見えないと、雲が近くで動いているのもわからなくなる。兄は将棋を指していると、ときどき無性に夜空を見たくなるといっていたわ。兄がつくった将棋プログラムの《舵星》という名前、あれは本当ならカジブシでしょう。沖縄の言葉で七つ星《ナナチブシ》、舵のかたちに見立てた北斗七星です」

「知りませんでした」

「中国将棋に北斗七星をモチーフにした排局があってね。排局というのは詰将棋のような問題のこと。兄の頭にはそのイメージがあったのかもしれない。それにあの子のことも、どこか遠くで繋がっていたといまは思うの。あの子はチュンジーが好きだったから」

「――チュンジー？」

「沖縄将棋の象棋《チュンジー》。中国将棋が一五世紀に琉球に伝わって発展したものでね、家にも盤と駒があったわ。子どもの手には大きな丸い駒を、ぱん！　と音を立てて打ちつけて進める。祖父が駒を打つ音は心地よかった。もういまはほとんど知っている人もいないでしょう。駒はそれぞれ一六個。西洋チェスに似ていて、取った相手の駒は使わない。三〇分もあれば一局が終わる」

「沖縄に住んでいらっしゃったのですか」

「小学二年生まで、うるま市にいました。父が沖縄科学技術大学院大学《OIST》のプロジェクトに関わる研究者だったの。私と兄は地元や那覇の将棋サークルに通っていたけれど、いちばん下のあの子だけは日本の将棋を指そうとせずに、いつも家の象棋で遊んでいた。あの子が祖父と打っている音が、道を歩いていても聞こえてきた。でもね、祖父も父も亡くなって、あの子の相手はいなくなったの。それからは何も盤ゲームをしなくなった。いっとき、ただ星空を眺めていたこともあったけれど、それも東京に来てからはやめてしまった。あの子はいつも遠くを見ていたかったはずなのに、いつも気がつくと周りの世界が変わっていた」

そして彼女はそっと久保田に目を向けた。

「ねえ、気がついた？　象棋は囲碁よりも将棋に近いのに、〝指す〟ではなくて〝打つ〟というの。ぱん！　と盤を叩くあの音を思い出すたび、やっぱり象棋は打っているんだと思う。桜井先生が生きているうちに、そのことを教えてあげたかった」

「――それは、ぼくたちが目だけではなくて、耳でもゲームをしているからでしょうか。ぼくたちの身体が言葉を選んだんだ。それはぼくの研究にも繋がることです。ぼくの《片腕》なら沖縄将棋の駒も〝打てる〟はずです」

思いつきに過ぎないかもしれない。だが久保田は借り物ではない自分自身の言葉で、いま彼女が語ろうとしたことを捉えたかった。

「すみません、さっきの風景の話ですが、わかりません。いえ、本当はわかるんです。風景を見たいと願う本当の想いも、いまは世界に呑まれてしまう。慎重だったはずの研究者たちでさえ、ブームでどこか浮ついているように思えます。ＡＩブームの前は再生医療とｉＰＳ細胞でした。その前はロボットかナノテクでした。来年にはもうブームなんて過ぎ去っているのかもしれない。ロボットブームがＡＩブームになったように、次の名前に置き換わって続くのかもしれない。ゲノム編集が次に流行《はや》るなら、今度はバイオの人たちが人工知能を扱うだけのことです。でもぼくはいつか自分が、おまえの分野も三回くらいブームを経験してみろと、無自覚に語る研究者になってしまうんじゃないかと、そのことがいまは何よりも怖いんです」

言葉が溢れて止まらない。人工知能やロボットの研究業界は決して思い上がっているわけではない、たんにどこよりも自由であるに過ぎないと、自分でもわかっているはずだ。それなのに言葉は止まらない。もっと自分の言葉はあるはずなのに、しゃべればしゃべるほど誰かのいったことになってゆく。

これほど衆目を集めるプロジェクトの中枢《ちゅうすう》に、教授たちはずばりと学生を登用する。騒ぎが手のつけられないほどだといいながら、騒ぎを放置も抑圧もせず学会で改善案を練っている。それは素晴らしいことであるはずだ。けれどもその自由が雑音をつくり出す。自由がいま言葉を縛っている。

「これが生き延びるということでしょうか。それは人工知能が未来をつくっているんじゃない。たんに人間が自分の既得権を守ろうと、あれこれ主張しているだけなんだ。確かにいまの人工知能にはできないことです。けれどもそれが科学と技術の描く未来ですか」

「息を止めて。一〇秒だけ。息を止めると、言葉は消える」

彼女が久保田を見つめて囁《ささや》いた。

「あなたはまだ負けたことがないの」

久保田は相手を見つめ返した。彼女は深い瞳《ひとみ》でいった。

「でも、それは、人類も同じ」

――日が暮れても雨はやまなかった。

街灯が世界に滲《にじ》んでいた。店舗入口まで出ると、雨音が耳に打ち寄せてくる。四角いごみ箱にいくつもの細いビニール袋が、濡れたまま脱皮したように捨てられていた。

「あなたが本当の未来を見せてよ」

夜の雨へと駆け出してゆく前に彼女はいった。

「学会の人たちなんかを蹴散《けち》らすくらいの、本当の未来を私たちに見せてよ」

5

秋の将棋ＡＩトーナメント戦で人工知能学会の《舵星》は再び優勝を果たし、棋士との対局の権利を手に入れた。《舵星》はすべての試合を通して勝利を収めた。

人工知能同士のトーナメントでアームが用いられることはない。そのため学会側は《舵星》の優勝を受けて《片腕》を改めてメディアに披露し、この組み合わせで棋士との対局をおこなうと発表した。そして今年の《舵星》は前回よりもさらに深く局面を判断し、〝人間の棋士のように投了できる〟能力も備えた人工知能であると、比喩《ひゆ》を交えてアピールした。

久保田は記者会見場の裏方で発表を支えた。自分にカメラが向けられるわけではない。来春の実際の試合でも、自分が会場に出向くわけではなかった。前に出て行くのはプロジェクトの顔となる教授や准教授たちだ。それでもこの発表は久保田が自分の半年近くを費やした研究成果を、初めて公開する機会だった。

カメラのフラッシュが激しく焚《た》かれるなか、《片腕》は前回の第一局の終盤通りに配置された盤面に向き合った。学会長が棋士に代わって当時の手を指す。《片腕》は騒々しい会場のなかでもその小さな駒の音を聞き取り、正確に盤面を把握し、駒台から一枚の歩をつまみ上げた。その瞬間を、久保田は息を詰めて見守った。

自然な腕の動き。いま《片腕》は右腕になっていた。無駄なモータ音もなければ力を込めて踏ん張ることもない。ただ右腕として伸び、再び盤へと戻る。一本のアームは《舵星》という知能の腕となる。

そして歩を〝打つ〟とき、《片腕》は右腕でも左腕でもない、何者でもないひとつの腕となるのだ。右から振られたモーメントを利用しながら、打ち下ろすときに《片腕》は最善の手つきとなる。《片腕》の先端にある五本の指は、右手でもなければ左手でもない。しかし中央の三指で駒を支え、打つ瞬間に二指をしなやかに伸ばして離す。その音が響くのを聞き取ってから、すっ、と静かに指を離す。そのとき《舵星》は指し手の検分を終えている。

三日前、このトーナメント戦の優勝を見越して、一ツ橋に開発チームが集まり、念押しのミーティングが開かれた。久保田も、国吉も参加した。久保田は初めてそこで《舵星》の投了時に合わせた動きをＡＩチームに披露したのだ。

「負けました」と受け入れる、その数秒間のアームの動き。本来プロジェクトでもそこまで求められていなかった最後の仕草を、久保田は独自に書き上げていた。何度も、何度も、実験室で動きを繰り返して調整した。人は両膝《りょうひざ》に手を置いて頭を下げる。それと同じようにこちら側にもふさわしい動作を、一本の腕で表現するのだ。そのとき右腕でも左腕でもない《片腕》は、生きた人間の背筋を貫く一本の芯と重ね合わさる。

国吉はその所作を見つめていた。彼は何もいわなかったが、大きく頷き、そして一度だけさっと頭を掻いた。

いままで見えなかったものを、自分は彼に見せることができたか。

この会見の場に国吉はいない。いま《片腕》は誰よりも前に出てフラッシュを浴びている。投了の場面は事前公開しないと学会側は取り決めていた。デモンストレーションもあえて終盤の途中までで期待を持たせて終わる。それでも《片腕》はいまフラッシュを浴び、取材陣から感嘆の声を引き出している。

久保田は身体が熱くなるのを感じた。

ふしぎだった。地下鉄の列車を、いま自分は追い越している。

あんなに勝手に前へ進んでいると思えた車内広告が、いまは勝手に自分の後ろを進んでいる。

久保田が東京で暮らす半年間は終わった。

最終日に、久保田は小会議室で国吉とタブレットを挟んで将棋を指した。実際に《片腕》のように駒を摘まみ上げて指すのではない。人間同士が向かい合って、互いに画面に指先を滑らせて進める。久保田はようやく入門書で憶《おぼ》えた棒銀戦法で攻めたが、中盤からはついてゆくだけで精いっぱいだった。

「負けた気分は？」

終わった後、彼の質問に虚を衝かれた。

「いや、何も感じなかった。もともと勝てると考えていなかったんだ。最後まで指せたならそれで充分だと思っていた」

「そうだろう。そもそもそこに勝負がなければ、勝ったか負けたかの概念もない」

「次に指すときは、もう少し強くなるよ」

「たとえば今後、人間が負けないようなゲームそのものを、デザインすることはできるだろう。逆の方向から考えて、人間と人工知能がどちらも互角に戦えるゲームをつくればいい。両者が最善手を尽くせば引き分けになるゲームだ。プレイヤーの知能特性や知能限界に左右されない新規のゲームをデザインすることはできるはずだ。そんなゲームを売り出したら、きっと大儲《おおもう》けできるんじゃないか」

他人事のように呟いてから国吉は黙ってしまう。久保田は間を取ってから、相手に尋ねた。最後に訊いておきたいと思っていた。

「きみは今回の《舵星》の投了に何を仕組んだんだ？」

今回《舵星》が〝投了できる〟ようになったのは、人工知能に〝風景〟を見る能力が与えられたからだと、久保田はプロジェクトチームの会議で聞いていた。投了の深い判断は単純に局面を勝ちに向かって進めてゆくことよりも難しい。未来の局面をいまこの場所からはるかに見通す一種の〝風景〟として捉え、その風景と自らとのいわば距離感を内省してゆく。その時点までの棋譜を身体として、その身体的制約に縛られつつも、それを超えようと反応する自らの能力を導き出す。成果報告をしたのはＡＩ担当チームの教授だったが、そんな抽象的なコンセプトを実際の設計図へと書き出して貢献したのが国吉であったことは間違いない。

いままでの人工知能が俯《うつむ》いて足元を見つめたまま歩いていたのだとしたら、今回は顔を上げて明日を見るようなものだ。大きな技術上の〝進化〟だ、この投了なら自信を持って世間に見せられると、その教授は工学の場で用いる進歩の意味での進化という言葉に力を込めていった。だが国吉自身はそれを横で聴きながら会議中はひと言もしゃべらず、春のときのようにノートＰＣに向かっていた。

「国吉、ぼくはこう想像している。前回の《舵星》が実際の対局で一見おかしな手を指したのは、きみのお兄さんが世間の〝ＡＩ対人間〟という単純な見立てに抗しようとした結果だったんじゃないか。確かにいま将棋ＡＩは強くなっている。けれどもその指し方は、実際の人間とは違っていて違和感があるそうだ。ぼくには詳しいところまではわからないが、強い人が棋譜を見れば人工知能の手かどうか直感できると聞いている。逆にそうした人工知能のクセを見極めて、その隙を突くという対策もある。

けれどもそれは勝負の本質だろうか。いまの若手の棋士たちは、ＡＩとたくさん練習するから昔と棋風も変わってきているそうだ。それもまたぼくたちの脳のクセに縛られた結果じゃないか。きみのお兄さんが《舵星》を送り出す際に考えたのは、そのことだったんじゃないかと思うんだ。今後も人工知能はどんどん進歩してゆくだろう。たとえその瞬間は人工知能のクセを突く手で押し切ったとしても、それはその時点における人工知能の表面的な特徴と試合をしただけではないか。

相手が人工知能に特化した対策を講じてきたとき、それを無効化させて勝負そのものへと引き戻す。もしも相手が〝機械のように〟指してきたら、この時代の縛りから抜け出す。ぼくたちは〝本当〟に戦おう。本当の〝知能らしさ〟で戦おう。ぼくの想像だが、きみのお兄さんはそう願っていたんじゃないか。名人はそのことを対局の場ではっきりと受け止めたんだと思う。実際、あの後名人はいっさいの人工知能対策を排して勝負を続けた。第二局は真っ向勝負だった。人は傍《はた》から見て〝人工知能が名人に恥を掻かせた〟と憤慨したが、ちゃんと名人はわかっていた。

——きみもお兄さんのように何かを仕組んだんじゃないか？　ぼくたちと人工知能の未来のため

に」

「もう勝負は終わったよ」

国吉はただそういって、タブレットを持って退席しようとする。いま自分の言葉は届いたはずだ。それでも返答がないのは開発を終えて何か諦観に達してしまったからではないか。不安に駆られて久保田は呼び止めた。これは彼の封じ手であってほしかった。

「国吉、まだ来年の春がある。そのときにまた話したいんだ」

だが最後に彼が頷いたのかどうか、久保田には見えなかった。


それからいくらか月日が流れた。仙台に戻ってから、久保田は一度だけ国吉女流と電話で話した。前回と同じ永世名人が棋士トーナメント戦で優勝を果たし、大きなニュースとなった。決戦が再び繰り広げられる。今度こそ人類と人工知能の戦いに答が出る。人々はそんなふうに沸き立っていた。

もう彼女とは会えないかもしれないと久保田は予感していた。自分は研究者の卵として棋士といったん接したが、ここから先はふたつのグラフのように、互いに離れてゆくのかもしれない。

「弟さんと一局だけ将棋を指しました」

久保田はそういってから思い切って尋ねた。

「弟さんが将棋をやめた理由は何ですか」

この姉にも、弟にも、話をするには手筋がある。久保田は東京にいるとき、そのことを学んだ。

「香里さんや、お兄さんに勝てなかったからですか。負けることが悔しくて、将棋を指さなくなったのですか」

「――あの子は悔し涙を流したり、負けたくないと喚《わめ》いたりしたことは一度もなかった」

「では、なぜ？」

「あの子と将棋盤で指しましたか？」

「いいえ」

久保田は答えてから息を呑んだ。そのことにはまったく思い至らなかったのだ。

「将棋の棋譜は昔から慣例的に、盤面の右側に持ち駒を書きます。あれは右利きの人が対局で右側に駒台を据えることを模しているの。そのイメージがあの子にはどうしても耐えられなかった。譜面を見たとき、左利きは判断が一瞬遅れる。右側の駒台に左手を差し伸べる動きがどうしても頭に浮かんでしまうと、あの子は小さかったころ何度も私たちに訴えた。自分の左腕が窮屈に反対側へ伸びるその姿勢を想像するだけで、盤面に集中できなくなるのだと。それは頭を掻き毟《むし》りたくなるほど気持ちが悪くて、自分がたまらなく厭《いや》になるのだと」

彼女は深く息をついた。

「あの子はいつもいっていた。こんな身体はなければいいのに。身体なんかごみ箱に捨てて、頭だけでゲームができればいいのに」

6

仙台は、第二局の初日も二日目も雨だった。

五月だというのに三月初旬並みの冷え込みで、二日目の朝も久保田はセーターを上に重ねて家を出た。日曜の午前はふだんに増して大学に人の姿が少ない。雨音はプレハブ実験室のなかまで響き、久保田は部屋の灯りをすべて点けて、いちばん大きな液晶モニタの前にひとり陣取り、インターネットの中継に見入った。

名人が《片腕》と向かい合っている。その奥に前日と同じく読み上げ係の国吉女流の姿が見える。

しばらくすると下級生や他講座の学生もやって来て、昼過ぎには十数名がモニタの前で対局の行方を見つめた。

人工知能は、負けなかった。

画面隅の評価値はずっと《舵星》の優勢を示している。一ヵ月前の第一局でも《舵星》は名人を圧倒して勝利を収めていた。この第二局でも優勢は変わらない。

「だめだ」

と観戦している学生のひとりが思わず呟くのが聞こえた。名人の持ち時間はすでに大きく減っている。

ぐいぐいと《舵星》は寄せてゆく。名人は懸命に守っているが、《舵星》は次々と絶妙手と呼ばれるほどの鮮やかな手を繰り出してゆく。目の覚めるような大駒が決まり、小駒は新たに打たれるごとに強烈な連携を上書きする。

人工知能は次元の違うレベルへと突入していた。

「人間が負けるのか」

いつの間にか研究講座の教授もプレハブ実験室に姿を見せ、久保田の横に立っていた。出張の帰路でずっと実況を聴いていたという。教授は画面を見つめて苦しげに呻いた。

「もう人工知能は、投了の機会もないのか」

画面のなかで《片腕》は持ち駒の銀を打ち込む。ぱちんと駒が音を響かせる。すっ、と《片腕》はアームを引いて控える。《片腕》はリアルタイムで局面の評価値を読み込み、それにふさわしい手つきを表現することができる。いま《片腕》の手つきは強く、怜悧《れいり》で、くっきりとしていた。

コンソールの後方には、前年にかぶりを振ったあの他大学の准教授が控えていた。彼は《片腕》の直接担当ではなかったが、学会側から指名を受けて再び対局を見守ることになったのだ。今年の彼はカメラから顔を背けはしない。まっすぐに前を見据えている。背筋の伸びたそのスーツ姿は、前年の汚名を返上するのにふさわしい佇《たたず》まいだった。正座するその准教授の姿勢は《片腕》と響き合っている。

「たぶんあと数手で終わります」他講座の学生が呻くようにいった。「完全に《舵星》は詰み形が見えている。信じられない、名人が完敗するなんて」

そのとき、久保田のスマートフォンが震えた。

はっとして手に取る。相手の名を見て、急いで実験室を出た。まだ雨は降り続いている。アスファルトは冷たく濡れて、校舎も並木の枝葉もすべて灰色に翳《かげ》っている。

「国吉」

久保田は声を上げた。回線の向こうからかすかに風の吹きすさぶ音が聞こえてくる。どこかで雨の滴がぱたぱたと鳴っているのがわかる。

「もうぼくの仕事は終わった。そのことをきみに伝えたいと思った」

「おまえ、いまどこにいる」

「兄の墓の前だ」

「沖縄なのか」

「いまちょうど雲が通り過ぎている。雨が混じり始めた。この辺りは天気がすぐに変わるんだ。海の向こうまで雲が動いているのがわかる」

「きみの準備した投了はもう見られないぞ。たぶんもう永久にない。機械はもう負けないからだ！」

「来年になればふたつのグラフはもっと離ればなれになる。このまま二度と交わらないだろう。何度も機会を逃した人類は、きっとこれからも逃すに違いない。社会はいつも臆病《おくびょう》で、自分たちが生きている瞬間の意味を、自分では見渡せないからだ」

「ぼくたちは負ける人工知能を必死に考えたのに、最初からぼくたちは負けていたというのか！」

ざあっ、と激しい雨風の音が耳に届いた。彼の声が掻き消される。

この一ヵ月、彼とはまったく連絡が取れなかったのだ。姉にさえ行く先を告げず、姿を消してしまっていた。

国吉はいま兄の墓の前にいるといった。沖縄の墓は丘の上で海を向いているはずだ。彼の目に広い海と空が映っているのだろうか。久保田が立つこの場所よりも、はるかに遠くまで見渡せているだろう。はるかに大きな世界が彼の前にあるだろう。

「負けたことさえ人類はきっと忘れてゆく」

彼の声が切れぎれに届く。彼の声は抑揚がないのに、風はむせび泣くかのようだ。

「久保田、きみはぼくがどこに行っているのかと訊いただろう。ぼくらが負けてゆく場所を見ていると答えたはずだ。ぼくは兄の足跡《あしあと》を辿っていた」

久保田はスマートフォンを耳に押しつけ、息を詰めた。彼の声にわずかに心が表れたように思えたのだ。

「兄が子どものころに通った場所。兄が《舵星》を開発していたときに訪れた場所。兄は人工知能が人間を超えるかなどという話には興味がなかったに違いない。兄はただ、この街と世界を見て感じたかった。ただひとりのエンジニアとして、いつか自分の人工知能とトップ棋士の対局が実現するのなら、そこから未来を拓くものにしたいと願った。ぼくが兄から受け継ぐなら、その想い以外に何がある」

「国吉、いいか、きみはいま空と海を見ているんだな？　きみは風景を見ているんだな？」

「きっと人類はまた同じことを繰り返す。何か目新しい技術が出てきたら飛びついて、また何年かすれば次の技術に移ってゆく。それが人間らしさだなどというだろう。こんなふうにもがく人間がいたことさえ、きっとみんな十年後には忘れている」

風はなおも吹いている。彼はやはり対局が進むときに語るのだ。彼が連絡をしてきたなら、それは自分のなかに思いがあるからだ。

「ただ、たとえ人類が忘れるとしても、機械は忘れないはずだ。それがぼくらとの大きな違いだ。そしていつかぼくらのように、機械の知能も負けるときが来るかもしれない。たとえば、この宇宙、この世界そのものに。ぼくらがまだ本当には見通し切れない〝知能〟のかたちがそこにあって、きっとこの〝世界〟という真の身体が持つその〝知能〟に、いつか対峙《たいじ》して引き離されるときが来るかもしれない。――だから今日この瞬間に人工知能が勝つことは、いつか必然的に訪れる彼らの敗北のために必要なんだ。人工知能はまだ本当の言葉を持たない。それでもいまこの瞬間の彼らの言語で、この瞬間を残してやるんだ。ぼくらはこの世界に間に合わなかった。だが人間が負けてゆくこの瞬間に見える風景は、次に人工知能が負けるとき、きっとかけがえのない指針になるだろう。いまの《舵星》にはその風景が刻めるはずだ」

「国吉、きみは――《舵星》のなかにその言葉を仕掛けたんだな？　だから《舵星》に風景を見せようとしたのか？　いつか負けて投了のときが来るときのために――」

「知能が盤ゲームを楽しむようになったのは、駒を動かす身体があったからだ。きみの《片腕》がいま間に合ったから、知能はいつか投了できる」

「きみは、対局を見届けないのか」

「その役目は姉に任せる。ぼくはここから風景を見ている……」

彼が何かいった。

「聞こえないぞ！」

久保田は怒鳴った。

「国吉、いいか、いまでなくてもいい、でもいつかきみも今日の対局を見るんだ。きみがまだ見ていないものがあるからだ！」

雨雲の向こうにいる相手へ声を上げた。

「今日の対局がいつか負けてゆく最初の一歩なら、まだぼくたちはやることがあるんじゃないのか。どうして放り出していなくなった。人間や機械はいつかどこかで負けるとしても、〝知能〟そのものは負けたりはしない。きみにもぼくにも宿っている知能だ。ぼくの《片腕》にもきみの

《舵星》にもある知能だ。ぼくは言葉でしゃべるのは苦手だが、そのぼくにもきみにまだ見せていないものがある——きみだけじゃない、これから負けてゆく人工知能にもまだ見せていないものだ！」

彼の声はまだはっきりと届かない。こちらの声は届いているだろうか。雨風で千切れていないだろうか。

「だから見てくれ。ぼくもきみの見ているものを見に行く。この目で、自分で、きみと並んで、そこにあるものを見てやる」

「——もうすぐ風がやむだろう」

ついに彼の声が言葉となって聞こえた。

「いま雨雲の塊が頭の上を過ぎている。海に光が広がるのが見える」

「どこへ行っていたんですか。名人が投了しました」

久保田が実験室に戻ると、誰もが液晶モニタの前で立ちすくんでいた。急いで学生たちの間を抜けて進み出る。すでに対局室に名人や立会人の姿はなく、将棋盤と《片腕》が残されていた。

「名人が『負けました』といって頭を下げたんです。《舵星》の完勝でした」

久保田は周りの皆を見渡した。息が詰まった。学会と人工知能側が勝利したというのに、ここにいる誰ひとりとして歓声を上げようとしない。皆が久保田を見つめている。これでは本当に負けたようではないか。人類は討ち取られて、そのまま何の希望もなく敗北してしまったかのようだ。

しかしそのとき、ぱち、ぱち、と拍手が起こった。

はっとして目を向けると、研究講座の教授が真顔で久保田を見つめて手を叩いていた。

続けて他の誰かがゆっくりと同じように拍手をした。同じ講座の学生も加わった。笑顔ではない。しかしぱちぱちと起こったその拍手は、小さくではあるが実験室に沁みるように満ちた。

「よかったぞ、久保田」

教授は驚いたように目を見開いていたが、やがて充実した感嘆の表情を滲ませていった。

「名人が姿勢を正して頭を下げた後、《片腕》もアームを引いて一礼したんだ。名人の投了の言葉を受けて、美しい姿勢で。まるでこれまでとこれからの人工知能を代表するかのように、気高く、慎ましく、相手を敬いながら」

久保田は咄嗟に画面へと目を向けた。《片腕》はすでに待機姿勢に戻っていたが、解説室に控えている大勢の人たちも教授と同じような顔つきをしていた。悲嘆に暮れたり、パニックに陥ったりしている記者はひとりもいなかった。

「久保田、きみは明日、東京に行け。一ツ橋で開発チームの記者会見と成果発表があるだろう。きみもそれに出て話すんだ。きみはそれだけのことをやった。学会長と開発リーダーには今日中に私から話しておく」

「ぼくだけで実現できたわけではありません。あの《片腕》は局面を理解して手つきをつくるんです。もしそのように見えたのなら、それは局面が気高かったからです。駒を指すという行為そのものが気高かったからです。《舵星》もぼくと同世代の男がつくり込みました。棋士の人たちの協力もありました。その友人たちの言葉も伝えなくては」

「ならばどんなことがあっても行け」

教授の顔がついに綻《ほころ》んだ。

「私の思い込みかもしれないが、あれは、何というか――そう、実に〝知能らしく〟見えた」

一週間後、久保田は羽田空港で彼女と会った。

「ほら、今日は晴れている」

彼女はその手で窓の向こうの空を指し、そして微笑んでいった。

「さあ、星を見に行きましょう。私たちの育った場所へ」

【謝辞】国立情報学研究所・新井《あらい》紀子《のりこ》教授の二〇一六年一一月一一日付Ｔｗｉｔｔｅｒでのお言葉と、米長邦雄《よねながくにお》永世棋聖の二〇一三年二月一三日付第二回将棋電王戦インタビュー等でのお言葉を、作中で引用言及させていただきました。ありがとうございました。（著者）

【参考文献】米長邦雄『われ敗れたり』（中央公論新社、二〇一二）／大川慎太郎『不屈の棋士』（講談社現代新書、二〇一六）／別冊宝島二五一八号『将棋「名勝負」伝説』（宝島社、二〇一六）／仲村顕編著『はじめての象棋《チュンジー》』（編集工房 東洋企画、二〇一二）／野尻抱影『日本の星「星の方言集」』（中公文庫ＢＩＢＬＩＯ、二〇〇二）

初出

碁盤事件　「ランティエ」二〇一五年一二月号
三角文書　「ランティエ」二〇一七年六月号
☗7五歩の悲願　「ランティエ」二〇一七年一月号
十九路の地図　「ランティエ」二〇一六年一二月号
黒いすずらん　書き下ろし
負ける　「ランティエ」二〇一七年二月号

Kadokawa Haruki Corporation

新井素子　葉真中 顕　宮内悠介
深水黎一郎　千澤のり子　瀬名秀明

謎々 将棋・囲碁

*

2018年2月18日第一刷発行

発行者 角川春樹
発行所 株式会社 角川春樹事務所
〒102-0074 東京都千代田区九段南2-1-30 イタリア文化会館ビル
電話03-3263-5881(営業) 03-3263-5247(編集)
印刷・製本 中央精版印刷株式会社

ISBN978-4-7584-1319-0 C0093
http://www.kadokawaharuki.co.jp/